秦观词集

历代名家词集

［宋］秦观 著　徐培均 导读

导 读

徐培均

　　中华民族是一个具有优秀文化传统的民族，自先秦以迄两宋，中华文化发展到一个高峰。南宋理学大师朱熹就曾自豪地说："国朝文明之盛，前世莫及。"（苏轼《服胡麻赋》注引《楚辞后语》）近人王国维也说："故天水一朝人智之活动于文化之多方面，前之汉唐，后之元明，皆所不逮也。"（《宋代之金石学》）陈寅恪更加以精确的概括："华夏民族之文化，历数千载之演进，造极于赵宋之世。"（《邓广铭宋史职官志考证序》）确实如此，赵宋一朝的文化，得到了全面的发展。就文学而言，散文中的唐宋八大家，宋代就占了六位。而别具一格的宋诗，又与唐诗分庭抗礼，各领风骚。特别是宋词，更是一代文学之标志，与唐诗元曲，分别成为中国文学史上三座里程碑。说到宋词，人们自然会想到豪放与婉约两大流派。明人张綖说："词体大略有二：一体婉约，一体豪放。盖亦存乎其人，如秦少游之作，多是婉约，苏子瞻之作，多是豪放。婉约者欲其词情酝藉，豪放者欲其气象恢弘。大抵词体以婉约为正，故东坡称少游为今之词手，后山评东坡词如教坊雷大使之舞虽极天下之工，要非本色。"（《诗馀图谱·凡例》）由此可见，苏轼是豪放词派的宗匠，秦观是婉约词派的杰出代表。

秦观，字少游，一字太虚，别号淮海居士，扬州高邮（今属江苏）人。宋仁宗皇祐元年（1049），他出生在一个中小地主的家庭里。青少年时期，慷慨豪隽，强志盛气，慕郭子仪、杜牧之为人，决心"回幽夏之故墟，吊唐晋之遗人"（宋陈师道《淮海居士字序》）。杀敌疆场、收复故土的愿望一时不能实现，便过了一个时期的漫游生活。30岁前后，曾到历阳（今安徽和县）、徐州（今属江苏）、会稽（今浙江绍兴）省亲访贤，探古揽胜。家居期间，时而"杜门却扫，日以文史自娱；时复扁舟循邗沟而南，以适广陵"（秦观《与李乐天简》）；有时也寄迹青楼，以他的词作，"酬妙舞清歌"（秦观《梦扬州》词）。神宗元丰八年（1085），秦观37岁，考中进士，除定海主簿，未赴任，寻授蔡州教授。当年神宗去世，哲宗继位。翌年改元元祐，主张变法的新党代表人物王安石不久也病故。哲宗年幼，朝中大政，一切听之于高太后。于是司马光、吕公著等旧派人物当权。元祐二年（1087），苏轼以"贤良方正"荐秦观于朝，不幸为忌者所中，只得引疾回到蔡州。直到元祐五年五月，才以范纯仁之荐，再次被召到京师，除太学博士，秘书省校对黄本书籍。元祐六年，又由博士迁正字，但在洛、蜀两党的斗争中，依附蜀党的秦观遭到洛党贾易的攻击，以行为"不检"罢去正字。过了二年，方始迁为国史院编修，授宣德郎。在京三年，是秦观一生中最为得意的时期。他和黄庭坚、张耒、晁补之同游苏轼之门，人称"苏门四学士"，而苏轼"于四学士中最善少游"，对他的文章（包括词）"未尝不极口称善"（宋叶梦得《避暑录话》卷三）。

高太后去世，政局有变。绍圣元年（1094），哲宗亲政，新党重新上台，旧党遭到打击。苏轼被贬到惠州，再贬琼州。秦观也因"影附苏轼"，出为杭州通判，又因御史刘拯告他增损《神宗实录》，道贬处州，任监酒税的微职。绍圣三年，又以写佛书被罪，贬至郴州（今属湖南）。在郴州住了一年，奉诏编管横州（今广西横县），次年又自横州徙雷州（今广东海康）。在"南土四时尽热，愁人日夜俱长"（秦观《宁浦书事六首》第三首）的境遇中，他预感到生命不会久长，为自己作了挽词。可是在元符三年（1100）五月，新接位的徽宗下了一道赦令，苏轼自海南量移廉州，途经海康，和他见了一面。随即他自己也被放还。当年八月十二日，醉卧藤州（今广西藤县）光华亭上，溘然长逝。终年52岁。

秦观一生的道路坎坷曲折。他曾针对当时的内政、边防，写过不少策论，但政治上的抱负始终未能实现。后世称他的策论"灼见一代之利害，建事揆策，与贾谊、陆贽争长"（明张綖《秦少游先生淮海集序》）。然而他的成就主要却在诗词方面。现存《淮海集》中，有古近体诗四百多首。前期的诗风绮丽纤巧，被人目为"如时女步春，终伤婉弱"（宋魏庆之《诗人玉屑》卷二引敖陶孙《臞翁诗评》）。甚至被人戏称之为"小石调"（宋胡仔《苕溪渔隐丛话·前集》卷五十引《王直方诗话》："元祐中，诸公以上巳日会西池，王仲至有二诗，文潜和之最工，云：'翠浪有声黄帽动，春风无力彩旗垂。'至秦少游即云：'帘幕千家锦绣垂。'仲至读之，笑曰：'此语又待入《小石调》也。'"又宋汤衡《张紫微雅词序》："昔东坡见少游《上巳游金明池》诗有'帘幕千家锦绣垂'之句，曰：'学士又入《小石调》矣。'"）、"女郎诗"（金元好问《论诗绝句》："有情芍药含春泪，无力蔷薇卧晚枝。拈出退之《山石》句，始知渠是女郎诗。"）。后期的诗，因仕途上迭经挫折，风格为之一变，吕本中说："少游过岭后诗，严重高古，自成一家，与旧作不同。"（宋吕本中《童蒙诗训》）然而总的说来，"少游诗似小词"（宋胡仔《苕溪渔隐丛话·前集》卷四十二引《王直方诗话》），他的诗名也为词名所掩。苏门六君子之一的陈师道说："今代词手，惟秦七、黄九尔，唐诸人不逮也。"（宋陈师道《后山诗话》）清纪昀等修《四库全书》时也说："观诗格不及苏黄，而词则情韵兼胜，在苏黄之上。"（《四库全书总目提要》卷一百五十四《集部·别集类七》）超过黄庭坚，这是事实；同苏轼相比，只能说各有所长。从这些评价上，可看出秦观词地位之高。

秦观词以爱情为题材的作品，约占今传《淮海词》的半数。有的词为应歌而作，多写与少女或歌妓相悦相恋的感情，如《望海潮》（其四）、《沁园春》、《一丛花》、《南歌子》（赠陶心儿）、《木兰花》（秋容老尽芙蓉院）；有的"将身世之感打并入艳情"（清周济《宋四家词选》），如《满庭芳》（山抹微云）、《水龙吟》、《长相思》、《虞美人》（高城望断尘如雾、行行信马横塘畔）、《浣溪沙》（漠漠轻寒上小楼、锦帐重重卷暮霞）。他的一部分词作所写的虽大多是歌妓，但从这些受到当时社会歧视和遗弃的女子身上，也寄寓着词人自己怀才不遇、政治上屡遭打击的一腔忧怨。值得注意的是，这些爱情词除了几首格调不高以外，大部分思想比较健康，感情比较深挚。如《鹊桥仙》：

> 纤云弄巧，飞星传恨，银汉迢迢暗度。金风玉露一相逢，便胜却、人间无数。　柔情似水，佳期如梦，忍顾鹊桥归路。两情若是久长时，又岂在、朝朝暮暮！

这首词通过牛郎织女一年一度相逢的故事，歌颂了坚贞的爱情，揭示了一个正确的恋爱观：爱情要经得起长久分离的考验，只要彼此真诚相爱，即使终年天各一方，也比朝夕相伴的庸情俗趣可贵得多。明代沈际飞评曰："（世人咏）七夕，往往以双星会少离多为恨，而此词独谓情长不在朝暮，化朽腐为神奇！"（《草堂诗馀正集》卷二）确实，这种进步的恋爱观，在古代作品中是少见的；即使在拜金主义之风盛行的今天，也仍然具有一定的现实意义。

　　秦观写贬谪生涯的词作，成就突出，在当时产生很大的影响。对这类作品，大体上可以理出一个顺序：始则对京城怀有眷恋惜别之情；继则回归无望，渐趋伤感、沉郁。他的《江城子》（其一）和《风流子》，可能作于离京之时。前者云：

> 西城杨柳弄春柔，动离忧，泪难收。犹记多情

曾为系归舟。碧野朱桥当日事，人不见，水空流。

韶华不为少年留，恨悠悠，几时休？飞絮落花时候一登楼。便做春江都是泪，流不尽，许多愁。

西城，指汴京西郑门外金明池一带，那是一个著名的皇家林园，每逢三月上巳，都人常去游览。秦观供职秘书省时也曾与友人在那里宴集。如今身坐党籍，在临别的时刻怎能不感到留恋。后者云：

东风吹碧草，年华换，行客老沧洲。见梅吐旧英，柳摇新绿；恼人春色，还上枝头。寸心乱，北随云黯黯，东逐水悠悠。斜日半山，暝烟两岸；数声横笛，一叶扁舟。　青门同携手，前欢记，浑似梦里扬州。谁念断肠南陌，回首西楼。算天长地久，有时有尽；奈何绵绵、此恨难休。拟待倩人说与，生怕人愁。

当系写乘船离京前往贬所的心情：此时词人北望都城，乌云笼罩；东逐汴水，前路漫长。一怀愁绪，不觉油然而生。

再如在处州时所作的《千秋岁》：

水边沙外，城郭春寒退。花影乱，莺声碎。飘零疏酒盏，离别宽衣带。人不见，碧云暮合空相对。　忆昔西池会，鹓鹭同飞盖。携手处，今谁在？日边清梦断，镜里朱颜改。春去也，飞红万点愁如海。

感情更加深沉，不仅感到昔日的西池宴集已成幻影，而且觉得重回"日边"的清梦，也缥缈难寻。最后不得不失望地悲吟："春去也，飞红万点愁如海！"一石激起千重浪，此词一出，前后得到七位词人的赓和，形成贬谪词创作的高潮。

后来词人一贬再贬，到达郴州前后，他的心仿佛破碎了一般："潇湘门外水平铺，月寒征棹孤。……人人尽道断肠初，那堪肠已无！"（《阮郎归》其三）"乡梦断，旅魂孤。峥嵘岁又除。衡阳犹有雁传书，郴阳和雁无。"（《阮郎归》其四）他在郴州旅舍所作的《踏莎行》一词，更饶沉郁之旨：

> 雾失楼台，月迷津渡。桃源望断无寻处。可堪孤馆闭春寒，杜鹃声里斜阳暮。　　驿寄梅花，鱼传尺素，砌成此恨无重数。郴江幸自绕郴山，为谁流下潇湘去？

此词哀怨无端，意蕴深沉，可称千古绝唱。据说，"东坡绝爱其尾两句，自书于扇曰：'少游已矣，虽万人何赎！'"（宋胡仔《苕溪渔隐丛话·前集》卷五十引《冷斋夜话》）这种凄切蕴藉、不便明言的深意，唯有与他"同昇而并黜"的苏轼能够理解，并在思想上产生"高山流水之悲"（清王士禛《花草蒙拾》）。一些人认为"词别是一家"，只能写身边琐事，不能反映政治情怀，婉约派词尤其如此。看了秦观表现贬谪生活的词作，这一观点不是很值得商榷吗？

除了爱情和贬谪方面的词以外，秦观的怀古、纪游之作，歌颂了祖国的大好河山和悠久历史。他的纪梦、抒情之作，表现了浪漫主义的遐想和超脱世俗的情致。传诵众口的《满庭芳》（山抹微云）词，描绘了暮冬时节的江南景色，含有浓郁的诗情画意。在《望海潮》（其一）中，词人怀着赞美的感情勾勒了扬州辽阔的疆域和美丽的景色，并对隋炀帝荒淫奢侈的行为表示一定的批判。在《望海潮》（其二）中，词人对苍翠的秦望山、潇洒的若耶溪、"千岩万壑争流"的越州山水，发出由衷的赞颂，对范蠡、西施、兰亭、梅市以及贺知章等古人遗迹，表示无限的神往。又如《望海潮》（其三）：

> 梅英疏淡，冰澌溶泄，东风暗换年华。金谷俊游，铜驼巷陌，新晴细履平沙。长记误随车。正絮翻蝶舞，芳思交加。柳下桃蹊，乱分春色到人家。　　西园夜饮鸣笳。有华灯碍月，飞盖妨花。兰苑未空，行人渐老，重来是事堪嗟。烟暝酒旗斜。但倚楼极目，时见栖鸦。无奈归心，暗随流水到天涯。

词人将个人在党争漩流中的升沉之感糅合在京洛名园的景物上，愈发促使人们对美好生活的热爱。读了这些作品，不禁使人联想到柳永描写杭州盛况的《望海潮》（东南形胜）词，它们从各自的侧面，反映了北宋时期都市繁荣的面貌，不仅具有文学价值，而且具有一定史料意义。

词人的纪梦、抒情之作，几乎贯串他的一生。早期的《雨中花》，充满奇妙瑰丽的想象，表现了一种积极向上的浪漫色彩。以后随着仕途的失意，他渐渐消极起来，在《满庭芳》（红蓼花繁）中已开始表现一种超尘出世的思想，特别是在政治上遭受打击之后，他更感到人生无望，内心充溢着忧郁和悲愁。他希望从痛苦中解脱出来，于是就用浪漫主义的手法抒写自己的情怀，表面上似乎很旷达，骨子里却更加痛苦。如谪横州时，他醉卧海棠丛间祝姓家，醒后作《醉乡春》词云：

> 唤起一声人悄，衾冷梦寒窗晓。瘴雨过，海棠开，春色又添多少。　　社瓮酿成微笑，半缺椰瓢共舀。觉倾倒，急投床，醉乡广大人间小。

说明在现实生活中处处受到压抑，唯有醉后忘却世事才感到舒畅自由。《好事近》（梦中作）下阕"醉卧古藤阴下，了不知南北"，更是在貌似虚无恬淡的辞句下隐藏着内心的无限痛苦，因此有人把它当作死于藤州的预兆。（明郎瑛《七修类稿》卷三十："秦观……尝于梦中作《好事近》一词（略），其后以事谪藤州，竟死于藤，此词其谶乎？"）他的同门好友黄庭坚更为理解他内心的奥秘，特地写诗寄贺铸以申悼念之情：

> 少游醉卧古藤下，谁与愁眉唱一杯？解道江南肠断句，只今唯有贺方回。

秦观早期的词"盛行于淮楚"，流播于青帘红袖之间。到了汴京以后，他进一步受到歌唱艺术特别是瓦子艺人的影响，常常撰写一些唱词。《调笑令》十首，便属这类作品。还有一些俚词，如《促拍满路花》、《满园花》、《河传》（其二）、《浣溪沙》（其四）、《桃源忆故人》以及《品令》二首，语言俚俗，风格粗犷，显然是有意向民间文学学习的结果。

秦观词有很高的艺术成就，具体表现在以下几个方面：

第一，他善于发挥词的抒情特性，除了几首怀古之作外，他的词基本上不用故实，不发政论，只是

"专主情致"（宋李清照《词论》）。其抒情之深挚，为词史上所少见。前人把他与晏幾道并提，说是"淮海、小山，古之伤心人也。其淡语皆有味，浅语皆有致。求之两宋词人，实罕其匹"；"故所为词，寄慨身世，闲雅有情思，酒边花下，一往而深"。（清冯煦《蒿庵论词》）由于他的词饱含深沉浓挚的感情，因此往往产生一种沁人心脾的艺术感染力。

第二，他的词蕴藉含蓄，寄情悠远。乍看起来，秦观词多咏美人芳草，离愁别恨；然而其中却蕴含着无限深情远意。清代陈廷焯说："少游《满庭芳》诸阕，大半被放后作，恋恋故国，不胜热中，其用心不逮东坡之忠厚，而寄情之远，措语之工，则各有千古。"（《白雨斋词话》卷一）周济说："少游意在含蓄，如花初胎，故少重笔。"（《宋四家词选目录序论》）说明他的词义蕴言中，韵流弦外，具有言有尽而意无穷的馀味。他的词的结句最富有这种特色，如"放花无语对斜晖，此恨谁知"（《画堂春》），"回首，回首，绕岸夕阳疏柳"（《如梦令》其三），宛转低回，意境悠远，颇有游丝荡空、春水萦溪的艺术效果。

第三，他的词音调和谐，韵味醇厚。宋代叶梦得曾经称许说："秦观少游亦善为乐府，语工而入律，知乐者谓之作家歌。"（宋叶梦得《避暑录话》卷三）的确，他的词平仄协调，音韵和谐，节奏鲜明，旋律优美，显示出一种悦耳动听的音乐美。试诵《满庭芳》、《浣溪沙》、《阮郎归》诸阕，未尝不觉字字妥溜，抑扬有致，恍如一股感情的溪流在流动，在激荡。由于他娴于音律，因此也能自度新腔。康熙《钦定词谱》于

《梦扬州》调下注云："宋秦观自制词，取词中结句为名。"（卷二十六）他如《醉乡春》、《海棠春》和《金明池》，也应是他的创调。

第四，秦观词的语言清新自然，明白晓畅，与所要表达的感情融合无间，达到形式和内容的和谐统一。对此前人评价极高。宋人蔡伯世说："子瞻辞胜乎情，耆卿情胜乎辞，辞情相称者，惟少游而已。"（清朱彝尊《词综》卷六引）他在语言上之所以获得如此高的成就，一方面是由于工于炼字，如"青笺嫩约"（《望海潮》其四），以"嫩"字形容少男少女之间的约会，十分生动贴切。又如"山抹微云，天连衰草"（《满庭芳》），其中"连"这个动词，自然流丽，比世俗所推崇的雕琢痕迹很重的"黏"字，更能把大自然的美质形象地表现出来。另一方面是由于善于融化古人诗句，如"斜阳外，寒鸦万点，流水绕孤村"（《满庭芳》），晁补之赞曰："虽不识字人，亦知是天生好言语。"（魏庆之《诗人玉屑》卷二十一引）后两句本之于隋炀帝诗，清贺贻孙说："'寒鸦''流水'，炀帝以五言划为两景，少游用长短句错落，与'斜阳外'三景合为一景，遂如一幅佳图。此乃点化之神。"（《诗筏》）说明秦观在语言的继承上非常富于创造性。秦观前期作品继承《尊前》、《花间》遗韵，时作艳语；然而"少游虽作艳语，终有品格"（王国维《人间词话》），比之前人，感情较为健康。

秦观词远绍南唐，近承晏、柳，下开美成，前人从词"当以婉约为主"的传统观念出发，认为它是"词家正音"（清胡薇元《岁寒居词话》）。虽然同是婉约，但秦观却与其他诸家有异。清人刘熙载说："叔原贵异，方回赡逸，耆卿细贴，少游清远。四家词趣各别，惟尚婉则同耳。"（《艺概·词曲概》）宋代张炎对秦观词婉约的特点概括得尤为准确，他说："秦少游词体制淡雅，气骨不衰，清丽中不断意脉，咀嚼无滓，久而知味。"（《词源》卷下）我们如果将秦观词仔细玩索，是不难得出这个印象的。且举《浣溪沙》一词为例：

漠漠轻寒上小楼，晓阴无赖似穷秋，澹烟流水画屏幽。　　自在飞花轻似梦，无边丝雨细如愁，宝帘闲挂小银钩。

这首词写的是春愁，然而着墨不浓，只是用白描的手法将所处的氛围加以渲染，就把一腔淡淡的哀愁变为具体可感的艺术形象，形成一种清幽深远的意境，让人读了感到凄清婉美，有如细嚼橄榄，回味无穷。

秦观词在思想内容上真实地显现了他的个性和身世，并从侧面反映了当时社会的政治斗争，具有一定的认识意义；在艺术上也有很多独创的地方，值得我们今天借鉴。但也应看到，他的一些描写爱情的词作，尤其是俚词，还有一些涉于狎媟的成分；在一些怀古、纪梦和表现贬谪心情的词作中，也往往黯然伤神，消极颓丧，缺乏鼓舞人心的力量。就艺术而言，也存在纤细柔弱的毛病，胡仔说："少游词虽婉美，然格力失之弱。"（《苕溪渔隐丛话·后集》卷三十三）苏轼亦以其词的"气格为病"，曾经讥评说："山抹微云秦学士，露华倒影柳屯田。"（宋叶梦得《避暑录话》卷三）另外他的词也还不够深刻有力，清代贺裳说："少游能曼声以合律，写景极凄婉动人，然形容处殊无刻肌入骨之言。"（《皱水轩词筌》）这些批评基本上是中肯的。

　　本书收入了秦观的全部词作，故名之《秦观词集》。为了方便读者，我们对秦观词中涉及的典故作了简要的注释，并择要将词中化用的古人诗词文句列于词后，每条前面用◎表示。此外，我们将历代评论及对秦观词的系年择要列于每首词后，每条前面用◆表示。

目　录

秦观词集卷中

秦观词集卷下

望海潮

星分牛斗，疆连淮海，扬州万井提封。花发路香，莺啼人起，珠帘十里东风。豪俊气如虹。曳照春金紫，飞盖相从。巷入垂杨，画桥南北翠烟中。

追思故国繁雄：有迷楼挂斗，月观横空。纹锦制帆，明珠溅雨，宁论爵马鱼龙！往事逐孤鸿。但乱云流水，萦带离宫。最好挥毫万字，一饮拼千钟。

◆神宗元丰三年庚申（1080），少游《与李乐天简》云："自还家来，比会稽时人事差少。杜门却扫，日以文史自娱。时复扁舟循邗沟而南，以适广陵。泛九曲池，访隋氏陈迹，入大明寺，饮蜀井，上平山堂。折欧阳文忠所种柳，而诵其所赋诗，为之喟然以叹。遂登摘星寺。寺，迷楼故址也。……仆每登此，窃心悲而乐之。"可证此词作于是年。（徐培均《淮海居士长短句笺注》）

◎牛斗：指二十八宿中之牛宿与斗宿。

◎《广雅》曰："提封，都凡也。"都凡者，犹今人言大凡、诸凡也。……都凡与提封一声之转，皆是大数之名。提封万井，犹言通共万井耳。（《汉书·刑法志》王先谦补注引王念孙。提封：此谓扬州地区人口繁庶。）

◎春风十里扬州路，卷上珠帘总不如。（唐杜牧《赠别》）

◎淮海维扬一俊人，金章紫绶照青春。（唐杜甫《奉寄章十侍御》）

◎清夜游西园，飞盖相追随。（三国魏曹植《公宴》）

◎凡役夫数万，经岁而成。楼阁高下，轩窗掩映。幽房曲室，玉栏朱楯，互相连属，回环四合，曲屋自通，千门万户，上下金碧。……人误入者，虽终日不能出。（隋炀）帝幸之，大喜，顾左右曰："使真仙游其中，亦当自迷也。可目之曰迷楼。"（唐韩偓《迷楼记》）

◎（隋炀）帝幸月观，烟景清朗，中夜独与萧妃起临前轩。（《大业拾遗记》）

◎炀帝幸江都，至汴，帝御龙舟，萧妃乘凤舸。锦帆彩缆，穷极侈靡。（同上）

◎炀帝命宫女洒明珠于龙舟上，以拟雨雹之声。（《隋遗录》）

◎吴蔡齐秦之声，鱼龙爵马之玩。（南朝鲍照《芜城赋》）

◎恨如春草多，事与孤鸿去。（唐杜牧《题安州浮云寺寄湖州张郎中》）

◎自长安至江都，置离宫四十馀所。（《资治通鉴·隋纪四》）

◎文章太守，挥毫万字，一饮千钟。（宋欧阳修《朝中措·送刘仲原甫出守维扬》）

◆首言州郡之雄壮，提挈全篇。次言途中之富丽，人物之豪俊。次乃及游赏归来。垂杨门巷，画桥碧阴，言居处之妍华。层层写出，如身到绿杨城郭。下阕言追怀炀帝时，其繁雄尤过于今日，迷楼朱障，极侈泰之娱。而物换星移，剩有乱云流水，与唐人过隋宫诗"晚来风起花如雪，飞入宫墙不见人"，及"闪闪残萤犹得意，夜深来往豆花丛"句，其感叹相似。（俞陛云《唐五代两宋词选释》）

◆扬州自昔繁华，如少游《望海潮》所称"花发路香，莺啼人起，珠帘十里春风"，安得不使人沉醉？叶梦得称少游词"盛行于淮楚"，则扬州殆为《淮海词》流播管弦之发祥地。（龙榆生《苏门四学士·秦观》）

又

秦峰苍翠，耶溪潇洒，千岩万壑争流。鸳瓦雉城，谯门画戟，蓬莱燕阁三休。天际识归舟。泛五湖烟月，西子同游。茂草台荒，苎萝村冷起闲愁。

何人览古凝眸？怅朱颜易失，翠被难留。梅市旧书，兰亭古墨，依稀风韵生秋。狂客鉴湖头。有百年台沼，终日夷犹。最好金龟换酒，相与醉沧洲。

◆据秦瀛《淮海先生年谱》，元丰二年己未（1079），少游"省大父承议公及叔父定于会稽。……乃东游鉴湖，谒禹庙，憩蓬莱阁。是时，给事广平程公辟领越州。先生相得欢甚，多登临唱酬之什，作《会稽唱和诗序》、《录宝林禅院事实》，又作《会稽怀古》诸词。"词系作于是年夏秋之间。会稽，今浙江绍兴。（徐培均《淮海居士长短句笺注》）

◎秦望山在会稽东南四十里。（《舆地纪胜》卷十。秦峰即秦望山）

◎耶溪：即若耶溪，在今浙江绍兴东南若耶山下，注入鉴湖。一名浣纱溪，相传为西施浣纱处。

◎顾长康（恺之）从会稽还，人问山川之美。顾云："千岩竞秀，万壑争流，草木蒙笼其上，若云兴霞蔚。"（南朝刘义庆《世说新语·言语》）

◎蓬莱阁在设厅之后卧龙山下，吴越（钱）镠所建，淳熙元年其八世孙端礼重修。……后汪纲复修。纲自记岁月于柱云："蓬莱阁，登临之胜，甲于天下。"（《会稽续志》）

◎翟王使使至楚，楚王夸使者以章华之台，台甚高，三休乃至。（汉贾谊《新书·退让》）

◎天际识归舟，云中辨江树。（南朝谢朓《之宣城郡出新林浦向板桥》）

◎吴亡后，西施复归范蠡，同泛五湖而去。（《越绝书》。五湖：指太湖。）

◎台：指姑苏台，故址在今江苏苏州西南。

◎（越）国中得苎萝山鬻薪之女曰西施、郑旦。（《吴

越春秋·勾践阴谋外传》)

　　◎梅福，字子真，九江寿春人也。少学长安，明《尚书》、《穀梁春秋》，为郡文学，补南昌尉。……时成帝任用王凤。凤专权擅朝，上书不纳。至元始中，王莽颛政，福一朝弃妻子，去九江，至今传以为仙。其后，人有见福于会稽者，变名姓，为吴市门卒云。(《汉书·梅福传》。梅市：即梅福。)

　　◎梅市人何在，兰亭水尚流。(唐张籍《送李评事游越》)

　　◎兰亭古墨，指王羲之所书之《兰亭集序》。

　　◎(贺)知章晚年尤加纵诞，无复规检，自号四明狂客。(《旧唐书·文苑·贺知章传》)

　　◎狂客归四明，山阴道士迎。敕赐镜湖水，为君台沼荣。(唐李白《对酒忆贺监二首》其二。湖：即镜湖，在今浙江绍兴。)

　　◎夷犹：迟疑不进，此有逍遥义。

　　◎李太白初自蜀至京师，舍于逆旅。贺监知章闻其名，首访之。既奇其姿，复请所为文。出《蜀道难》以示之。读未竟，称叹者数四，号为谪仙，解金龟换酒，与倾尽醉，期不间日，由是称誉光赫。(唐孟棨《本事诗·高逸》。金龟：唐代官员佩饰之一种。)

　　◎沧洲：水滨，指隐者所居之地。

　　◆入律。(明沈际飞《草堂诗馀续集》)

又

　　梅英疏淡，冰澌溶泄，东风暗换年华。金谷俊游，铜驼巷陌，新晴细履平

【卷上】

沙。长记误随车。正絮翻蝶舞，芳思交加。柳下桃蹊，乱分春色到人家。

西园夜饮鸣笳。有华灯碍月，飞盖妨花。兰苑未空，行人渐老，重来是事堪嗟。烟暝酒旗斜。但倚楼极目，时见栖鸦。无奈归心，暗随流水到天涯。

◆据虞集《西园雅集图跋》，西园为王诜延苏轼诸名士燕游之所。王诜，字晋卿，尚英宗第二女魏国大长公主，为驸马都尉，"故第池馆，极其华缛"（《宋史》卷二百四十八）。刘克庄《西园雅集图跋》云："本朝戚畹，惟李端愿、王晋卿二驸马，好文喜士。世传孙巨源'三通鼓'、眉山公'金钗坠'之词，想见一时风流蕴藉。未几乌台鞫诗案，宾主俱谪。"至元祐八年（1093）九月，高太后崩，哲宗亲政，苏轼等再次被谪。词云"重来是事堪嗟"，盖指是时西园之冷落而言。少游于翌年三月被遣离京，结句"无奈归心，暗随流水到天涯"，正是当时心情写照。词即作于此年（即哲宗绍圣元年，公元1094年）。（徐培均《淮海居士长短句笺注》）

◎花虽多品，梅最先春，始因暖律之潜催，正值冰澌之初泮。（《花草粹编》卷二载李子正《梅苑·减兰十梅序》）

◎金谷：古地名，在今河南洛阳东北。西晋石崇筑园于此，宾客游宴其中，世称金谷园。

◎洛阳有铜驼街。汉铸铜驼二枚，在宫南四会道相对。俗语曰："金马门外集众贤，铜驼陌上集少年。"

《望海潮》（梅英疏淡）词意图

（《太平御览》卷一五八引陆机《洛阳记》）

◎金谷园中花乱飞，铜驼陌上好风吹。（唐刘禹锡《杨柳枝》）

◎只知闲信马，不觉误随车。（唐韩愈《嘲少年》）

◎西园者，宋驸马都尉王诜晋卿延东坡诸名士燕游之所也。……燕集岁月无所考，西园亦莫究所在。即图而观，云林泉石翛然胜处也。传衣冠十有四人，僧、道士各一人。（元虞集跋宋李伯时《西园雅集图》）

◎是事，犹云事事或凡事也。（张相《诗词曲语辞汇释》）

◆借桃花缀梅花，风光百媚。停杯骋望，有无限归思隐约言先。（明李攀龙《草堂诗馀隽》）

◆自梅英吐、年华（换）说到春色乱分处，兼以华灯、飞盖、酒旗，一寓目尽是旅客增怨，安得不归思如流耶？（同上）

◆春光满楮，与梅无涉。（明沈际飞《草堂诗馀·正集》）

◆壮丽，非此不称。此调怀古，"广陵"、"越州"及"别意"一首，皆当录。（世经堂康熙十七年残本《词综》卷六"梅英疏淡"调下批语）

◆"金谷"以下与后"兰苑"以下同。"俊"字"未"字用去声，是定格，歌至此要振得起，用不得平声。观自来宋金元名词，无不用去。惟有石孝友一首用"摇"、"生"二字，乃是败笔。其别作一首，即用"命"、"荐"二字矣。（清万树《词律》卷十九）

◆两两相形，以整见劲。以两"到"字作眼，点出"换"字精神。（清周济《宋四家词选》）

◆可人风味在此，语意殊绝。（清秦元庆本《淮海后

集长短句》卷上"柳下"二句眉批）

◆（长记误随车）顿宕。（"柳下"二句）旋断仍连。（下阕）陈隋小赋缩本，填词家不以唐人为止境也。（清谭献《谭评词辨》）

◆少游词最深厚，最沉着，如"柳下桃蹊，乱分春色到人家"，思路幽绝，其妙令人不能思议。较"郴江幸自绕郴山，为谁流下潇湘去"之语，尤为入妙。世人动訾秦七，真所谓井蛙谤海也。（清陈廷焯《白雨斋词话》）

◆前段纪昔日游观之事。转头处"西园"三句，极写灯火车骑之盛。惟其先用重笔，故重来感旧，倍觉凄清。后段真气流转，不下于《广陵怀古》之作。（俞陛云《唐五代两宋词选释》）

◆他作如《望海潮》云："柳下桃蹊，乱分春色到人家。西园夜饮鸣笳，有华灯碍月，飞盖妨花。"……此等句皆思路沉着，极刻画之工，非如苏词之纵笔直书也。（吴梅《词学通论》第七章）

◆此首述游踪。情韵极胜。……（西园三句）炼字琢句，精美绝伦。信乎谭复堂称其似陈隋小赋也。"兰苑"以下，转笔伤今，化密为疏，又觉空灵荡漾，馀韵不尽。……盖少游纯以温婉和平之音，荡人心魄，与屯田、东坡之使气者不同也。（唐圭璋《唐宋词简释》）

又

奴如飞絮，郎如流水，相沾便肯相随。微月户庭，残灯帏幕，匆匆共惜佳期。才话暂分携。早抱人娇咽，双泪红垂。画舸难停，翠帏轻别两依依。

别来怎表相思？有分香帕子，合数松儿。红粉脆痕，青笺嫩约，丁宁莫遣人知。成病也因谁？更自言秋杪，亲去无疑。但恐生时注着，合有分于飞。

◎（魏）文帝所爱美人，姓薛名灵芸，常山人也。……闻别父母，欷歔累日，泪下沾衣。至升车就路之时，以玉唾壶承，壶则红色。既发常山，及至京师，壶中泪凝如血。（旧题王嘉《拾遗记》卷七）

◎分香帕子、合数松儿：二物皆别后寄赠，以表相思。合数松儿，指成双作对的松籽。

◎嫩约：指约会之稚嫩。

◎于飞：比翼而飞，喻夫妇好合。

◆（下阕眉批）寻常浅语，自是生情。（明徐渭评点段斐君刊本《淮海集长短句》卷上）

◆今集中专为应歌之作，杂以俚语，一似柳永之所为者，如《望海潮》"奴如飞絮……"，《鼓笛慢》"乱花丛里曾携手……"。前二阕写离怀，语意较少游其它作品为朴拙，如"成病也因谁"、"问呵，我如今怎向"，皆情深语浅，曲曲传出儿女柔情。（龙榆生《苏门四学士·秦观》）

沁园春

宿霭迷空，腻云笼日，昼景渐长。正兰皋泥润，谁家燕喜；蜜脾香少，触处蜂忙。尽日无人帘幕挂，更风递游丝时过墙。微雨后，有桃愁杏怨，红泪淋浪。

风流寸心易感，但依依伫立，回尽柔肠。念小奁瑶鉴，重匀绛蜡；玉笼金斗，时熨沉香。柳下相将游冶处，便回首、青楼成异乡。相忆事，纵蛮笺万叠，难写微茫。

◆此首上阕写春景，下阕写春思。所谓"青楼成乡"，可能指在扬州时的冶游生活，似作于熙宁、元丰间家居之时。（徐培均《淮海居士长短句笺注》）

◎安得发商飚，廓然吹宿霭。（唐韩愈《秋雨联句》。宿霭：隔夜犹存的雾气。）

◎山秀白云腻，溪光红粉鲜。（唐杜牧《春日茶山病不饮酒因呈宾客》）

◎谁家，估量辞，含有怎样、怎能、为甚么、甚么各意义。古人语简，笼统使用。家即价也。……陈师道《木兰花》词："谁家言语似黄鹂，深闭玉笼千万怨。"言怎样的相似或何其相似也。（张相《诗词曲语辞汇释》）

◎红露花房白蜜脾，黄蜂紫蝶两参差。（唐李商隐《闺情》）

◎触处，犹云到处或随处也。（张相《诗词曲语辞汇释》）

◎绛蜡：本谓红烛，此处疑指花粉一类化妆品。

◎轻寒衣省夜，金斗熨沉香。（唐李商隐《效徐陵体赠更衣》）

◎相将，犹云相与或相共也。（张相《诗词曲语辞

水龙吟

　　小楼连远横空，下窥绣毂雕鞍骤。朱帘半卷，单衣初试，清明时候。破暖轻风，弄晴微雨，欲无还有。卖花声过尽、斜阳院落，红成阵，飞鸳甃。

　　玉珮丁东别后，怅佳期、参差难又。名缰利锁，天还知道，和天也瘦。花下重门，柳边深巷，不堪回首。念多情但有，当时皓月，向人依旧。

　　◆《苕溪渔隐丛话·前集》卷五〇引《高斋诗话》

云："少游在蔡州，与营妓娄琬字东玉者甚密，赠之词云：'小楼连苑横空'，又云'玉佩丁东别后'者是也。"案少游于元丰八年乙丑（1085）举进士，元祐元年（1086）丙寅调蔡州教授，至元祐五年庚午（1090），始入京供职秘书省，词当作于此时。（徐培均《淮海居士长短句笺注》）

◎是月季春，万花烂漫，牡丹芍药，棣棠木香，种种上市。卖花者以马头竹篮铺排，歌叫之声，清奇可听。晴帘静院，晓幕高楼，宿酒未醒，好梦初觉，闻之莫不新愁易感，幽恨悬生，最一时之佳况。（宋孟元老《东京梦华录》）

◎鸳鸯甃：用对称之砖瓦砌成的井壁。

◎参差：即"差池"，意犹蹉跎，谓与事乖违，错过机会。

◎和，犹连也。秦观……《水龙吟》词："名缰利锁，天还知道，和天也瘦。"言连天亦不免当此苦况而消瘦，何况于人也。（张相《诗词曲语辞汇释》）

◆秦少游在蔡州，与营妓娄琬字东玉者甚密，赠之词云·"小楼连苑横空。"又云"玉佩丁东别后"者是也。（宋曾慥《高斋词话》）

◆东坡问少游别后有何作，少游举"小楼连苑横空，下窥绣毂雕鞍骤"。坡曰："十三个字只说得一个人骑马楼前过。"文豹亦谓公次沈立之韵："试问别来愁几许？春江万斛若为情。"十四字只是少游"愁如海"三字耳。作文亦如此。（宋俞文豹《吹剑三录》）

◆少游词"小楼连苑横空"，为都下一妓姓楼名琬字东玉，词中欲藏"楼琬"二字。然少游亦自有出处，张籍诗云："妾家高楼连苑起。"（宋曾季狸《艇斋诗话》）

《水龙吟》（小楼连苑横空）词意图

◆又少游词"天还知道，和天也瘦"之语，伊川先生闻之，以为媟渎上天。是则然矣。不知此语盖祖李贺"天若有情天亦老"之意尔。（宋王楙《野客丛书》）

◆伊川尝见秦少游词"天还知道，和天也瘦"之句，乃曰："高高在上，岂可以此渎上帝？"又见晏叔原词"梦魂惯得无拘检，又踏杨花过谢桥"，乃曰："此鬼语也！"盖少游乃本李长吉"天若有情天亦老"之意，过于媟渎。少游竟死于贬所，叔原寿亦不永，虽曰有数，亦口舌劝淫之过。（宋陈鹄《西塘集耆旧续闻》）

◆客有自秦少游许来见东坡，坡问少游近有何诗句，客举秦《水龙吟》词云："小楼连苑横空，下窥绣毂雕鞍骤。"坡笑云："又连苑，又横空，又绣毂，又雕鞍，又骤，也劳攘。"坡亦有此词云："燕子楼空，佳人何在，空锁楼中燕。"（宋杨万里《诚斋诗话》）

◆为洛学者皆崇性理而抑艺文，词尤艺文之下者也，昉于唐而盛于本朝。秦郎"和天也瘦"之句，脱换李贺语尔，而伊川有"亵渎上穹"之诮。岂惟伊川者？秀上人罪鲁直劝淫，冯当世愿小晏损才补德，故雅人修士相约不为。（宋刘克庄《跋黄孝迈长短句》）

◆少游自会稽入都，见东坡。……坡又问别作何词，少游举"小楼连苑横空，下窥绣毂雕鞍骤"。东坡曰："十三个字，只说得一个人骑马楼前过。"少游问公近作，乃举"燕子楼空，佳人何在，空锁楼中燕"。晁无咎曰："只三句便说尽张建封事。"（《古今词话》）

◆大词之料，可以敛为小词；小词之料，不可展为大词。若为大词，必是一句之意，引而为两三句；或引他意入来，捏合成章，必无一唱三叹。如少游《水龙吟》云："小楼连苑横空，下窥绣毂雕鞍骤。"犹且不免为东坡见

诮。（宋张炎《词源》）

◆填词平仄及断句皆定数，而词人语意所到，时有参差。如秦少游《水龙吟》前段歇拍句云："红成阵，飞鸳甃。"换头落句云："念多情，但有当时皎月，照人依旧。"以词意言，"当时皎月"作一句，"照人依旧"作一句。以词调拍眼，"但有当时"作一拍，"皎月照"作一拍，"人依旧"作一拍，是也。（明杨慎《词品》）

◆首句与换头一句，俱隐妓名"楼东玉"三字，甚巧！（明忏花盦丛书本《草堂诗馀》杨慎批语）

◆"天还知道，和天也瘦"二句，情极之语，纤软特甚。（同上）

◆词内"人瘦也，比梅花瘦几分"，又"天还知道，和天也瘦"，"莫道不销魂，人比黄花瘦"，三"瘦"字俱妙。（明王世贞《弇州山人词评》）

◆轻风微雨，写出暮春景色，有见月而不见人之憾，问天天不知。（明李攀龙《草堂诗馀隽》眉批）

◆按景缀情，最有馀味。谓笔能开花，信然。（明李攀龙《草堂诗馀隽》评）

◆天也瘦起来，安得生致？少游自抉其心。（明沈际飞《草堂诗馀·正集》）

◆"小楼连苑横空"调下批语：通体匀细轻倩，学者须从此门入，亦最不易到此境也。（世经堂康熙十七年残本《词综》卷六）

◆（东坡）又问别作何词，秦举"小楼连苑横空，下窥绣毂雕鞍骤"。坡云："十三个字，只说得一个人骑马楼前过。"秦问先生近着，坡云亦有一词说楼上事，乃举"燕子楼空，佳人何在？空锁楼中燕"。晁无咎在座云：

“三句说尽张建封燕子楼一段事，奇哉！”（清徐釚《词苑丛谈》）

◆秦少游《水龙吟》“小楼连苑横空”，隐娄东玉字；《南柯子》“一钩残月带三星”，隐陶心儿字。何文缜《虞美人》“分香帕子柔蓝腻，欲去殷勤惠”，隐惠柔字。兴会所至，自不能已；大雅之作，政不必然。若黄山谷《两同心》云“你共人女边着子，争知我门里担心”，隐“好闷”两字。总因“黄绢幼妇，外孙齑臼”八字作俑，而下流于“秋在人心上，心在门儿里”，便开俚浅蹊径。（清沈雄《古今词话·词品》）

◆余阅章质夫“燕忙莺懒芳残”，与少游“小楼连苑横空”不异；但质夫下句“正堤上柳飞花坠”、东坡下句“也无人惜从教坠”，及“下窥绣毂雕鞍骤”，则又语意参差。又前段歇拍，三字句作两句，如放翁之“争先占，新亭馆”，不异少游；而质夫之“依前被，风扶起”，则又语意参差。……按（杨慎）《词品》谓断句皆有定数（见前，略）……余窃怪之。如东坡《杨花》词，旧本于“细看来不是杨花”为句，“点点是离人”为句，颇觉其顺。后阅诸作，如章质夫、陆放翁等词，应作三句。乃知“细看来不是”为句，“杨花点点”为句，“是离人泪”为句。今取以证之，大似上句不了，接在下句者，下句或分别作二句者。而《词品》所定少游词“皎月照”作一拍，“人依旧”作一拍，又大讹甚。余驳正之，当以“多情但有”为句，“当时皎月”四字为句，“照人依旧”为句，是则合调耳。（同上）

◆程正叔见秦少游问：“‘天知否，天还知道，和天也瘦’，是学士作耶？上穹尊严，安得易而侮之！”此等议论，煞是可笑。与其为此等论，不并如此词不入目，即入

目亦置若未见。（清周亮工《因树屋书影》）

◆"小楼连苑横空"，无名字之梦也。有头无尾，虽游戏笔墨，亦自有天然妙合之趣。（清郭麐《灵芬馆词话》）

◆词当意馀于辞，不可辞馀于意。东坡谓少游"小楼连苑横空，下窥绣毂雕鞍骤"二句，只说得车马楼下过耳，以其辞馀于意也。若意馀于辞，如东坡"燕子楼空，佳人何在，空锁楼中燕"，用张建封事；白石"犹记那人，正睡里，飞近蛾绿"，用寿阳事。皆为玉田所称，盖辞简而馀意悠然不尽也。（清沈祥龙《论词随笔》）

◆前后阕起处，醒。"楼东玉"三字，稍病纤巧。（清陈廷焯《词则·闲情集》）

◆词中忌用替代字。美成解语花之"桂华流瓦"，境界极妙，惜以"桂华"二字代"月"耳。梦窗以下，则用代字更多。其所以然者，非意不足，则语不妙也。盖语妙则不必代，意足则不暇代。此少游之"小楼连苑"、"绣毂雕鞍"，所以为东坡所讥也。（王国维《人间词话》）

◆此词上阕"破暖轻风"七句，虽纯以轻婉之笔写春景，而观其下阕，则花香帘影中，有伤春人在也。（俞陛云《唐五代两宋词选释》）

八六子

倚危亭，恨如芳草，萋萋刬尽还生。念柳外青骢别后，水边红袂分时，怆然暗惊。

无端天与娉婷。夜月一帘幽梦，春风十里柔情。怎奈向、欢娱渐随流水，素弦声断，翠绡香减；那堪片片飞花弄晚，濛濛残雨笼晴。正销凝，黄鹂又啼数声。

◆此词作于元丰三年庚申（1080）。徐案：元丰二年岁暮，少游自会稽还家，不久有《与李乐天简》云："时复扁舟，循邗沟而南，以适广陵。"词乃自广陵还里经邵伯斗野亭时回忆扬州恋人而作。（徐培均《淮海居士长短句笺注》）

◎离恨恰如春草，更行更远还生。（五代李煜《清平乐》）

◎怎奈向，义犹云奈何也。有曰争奈向或怎奈向者。（张相《诗词曲语辞汇释》）

◎危弦断复续，妾心伤此时。（南朝刘孝绰《铜雀妓乐府》）

◎销凝，亦作消凝，为"销魂凝魂"之约辞。销魂与凝魂，同为出神之义。（同上）

◆《古今词话》以古人好词世所共知者，易甲为乙，称其所作，仍随其词牵合为说，殊无根蒂，皆不足信也。如秦少游……《八六子》"倚危亭，恨如芳草，萋萋划尽还生"者，《浣溪沙》"脚上鞋儿四寸罗"者，二词皆见《淮海集》；乃以《八六子》为贺方回作，以《浣溪沙》为涪翁作。……皆非也。（宋胡仔《苕溪渔隐丛话·后集》）

◆秦少游《八六子》词云："片片飞花弄晚，濛濛残雨笼晴。正销凝，黄鹂又啼数声。"语句清峭，为名流推激。予家旧有建本《兰畹曲集》，载杜牧之一词，但记其末句云："正销魂，梧桐又移翠阴。"秦公盖效之，似差不及也。（宋洪迈《容斋四笔》）

◆秦淮海词，古今绝唱，如《八六子》前数句云：

“倚危亭，恨如芳草，萋萋尽还生。”读之愈有味。又李汉老《洞仙歌》云：“一团娇软，是将春揉做，撩乱随风到何处。”皆有腔调散语，非工于词者不能到。毛友达可诗“草色如愁滚滚来”，用秦语。（宋张侃《拙轩词话》）

◆“春草碧色，春水绿波。送君南浦，伤如之何！”矧情至于离，则哀怨必至。苟能调感怆于融会中，斯为得矣。……秦少游《八六子》云（词略），离情当如此作，全在情景交炼，得言外意，有如“劝君更尽一杯酒，西出阳关无故人”，乃为绝唱。（宋张炎《词源》）

◆少游《八六子》尾阕云：“正销凝，黄鹂又啼数声。”唐杜牧之一词，其末云：“正销魂，梧桐又移翠阴。”秦词全用杜格。然秦首句云：“倚危亭，恨如芳草，萋萋划尽还生。”二语妙甚，故非杜可及也。（明陈霆《渚山堂词话》）

◆恨如划草还生，愁如春絮相接；言愁，愁不可断；言恨，恨不可已。（明沈际飞《草堂诗馀·正集》）

◆长短句偏入四六，《何满子》之外复见此。（同上）

◆周美成词“愁如春后絮，来相接”，与“恨如芳草，划尽还生”，可谓极善形容。（明忏花盦丛书本《草堂诗馀》杨慎批语）

◆别后分时，忆来情多。花弄晚，雨笼晴，又是一番景色一番愁。（明李攀龙《草堂诗馀隽》眉批）

◆全篇句句写怨意，句句未曾露怨字，正是“诗可以怨”。（明李攀龙《草堂诗馀隽》评）

◆秦少游《八六子》云（词略），与李滨词云：“乍鸥边，一番映绿，流红又怨苹花。看晚吹约晴归路，夕阳分落渔家，轻云半遮。　萦情芳草无涯。还报舞香一曲，玉瓢几许春华。正细柳轻烟，旧时坊陌，小桃朱户，去年人面，谁知此日重来系马，东风淡墨敁鸦。黯窗纱，人归绿阴自斜。"字句平仄如一，惟李词首句不起韵，第五句用，与秦稍异。词律谓秦词恐有讹处，未必然也。至秦词"奈回首"作"怎奈向"，李词"玉瓢"作"玉飘"，均系传抄之误。（清丁绍仪《听秋声馆词话》）

◆神来之笔！（清周济《宋四家词选》评起句"倚危亭"）

◆寄托耶？怀人耶？词旨缠绵，音调凄惋如此。（清黄苏《蓼园词选》）

◆若淮海《八六子》词之"断"、"晚"与"减"，本不同部，必非韵协。（清陈锐《裒碧斋词话》）

◆寄慨无端。（清陈廷焯《词则·大雅集》）

◆结句清婉，乃少游本色。起笔三句，独用重笔，便能振起全篇。（俞陛云《唐五代两宋词选释》）

◆此首起处突兀，中间叙情委婉，末以景结，倍见含蓄。（唐圭璋《唐宋词简释》）

◆如此阕徐案：指《满庭芳》"山抹微云"之"斜阳"三句，与《八六子》（词略），其尤著者也。此类最为少游出色当行之作。（龙榆生《苏门四学士词·秦观》）

◆到北宋中期，秦观也作了一首《八六子》词，虽然也多少承受了杜牧词的影响，但是在艺术风格方面，却是青出于蓝而胜于蓝了。

他写离情并不直说，而是融情于景，以景衬情，也就是说，把景物融于感情之中，把感情附托在景物之上，使感情更为含蓄深邃。

从章法来说，忽而写现实，忽而写过去，交插错综，颇似近来电影中所用的艺术手法；从用笔来说，极为轻

风流子

东风吹碧草，年华换，行客老沧洲。见梅吐旧英，柳摇新绿；恼人春色，还上枝头。寸心乱，北随云黯黯，东逐水悠悠。斜日半山，暝烟两岸；数声横笛，一叶扁舟。

青门同携手，前欢记，浑似梦里扬州。谁念断肠南陌，回首西楼。算天长地久，有时有尽；奈何绵绵、此恨难休。拟待倩人说与，生怕人愁。

◆此词作于绍圣元年甲戌（1094）由汴京贬往杭州之际。少游《留别平阇黎》诗末自注云："绍圣元年，观自国史编修官蒙恩除馆阁校勘，通判杭州，道贬处州。"词中"寸心乱"三句，写词人北望京国，只觉云雾迷茫；东瞩征程，又感道路修远。逐客情怀，寄寓颇深。而"梅吐旧英，柳摇新绿"二句，又都写春天景色，与词人被贬之时相符，故可推定作于此时。（徐培均《淮海居士长短句笺注》）

◎天长地久有时尽，此恨绵绵无绝期。（唐白居易

《风流子》（东风吹碧草）词意图

《长恨歌》）

◆人倚阑干，夜不能寐。时有尽，恨无休，自尔展转百出。（明李攀龙《草堂诗馀隽》评）

◆触景伤怀，言言新巧，不涉人间蹊径。（同上）

◆甚乱，东西南北，悉为愁场。（明沈际飞《草堂诗馀·正集》）

◆（结句）怕伊愁，是以欲说还休。曰"拟得情人"，不婉。（同上）

◆"恼人春色，还上枝头。寸心乱，北随云黯黯，东逐水悠悠"，谱出如许伤心处。（明陆云龙《翠娱阁评选行笈必携词菁》）

◆此必少游被谪后念京中旧友而作，托于怀所欢之辞也。情致浓深，声调清越，回环雒诵，真能奕奕动人者矣。（清黄苏《蓼园词选》）

◆"寸心乱"三句，极写离愁之无限。以下"斜日"、"暝烟"四叠句，遂一气奔赴，更觉力量深厚。下阕"天长地久"四句，虽点化乐天《长恨歌》，而以"倩人说与"句融纳之，便运古入化，弥见情深。（俞陛云《唐五代两宋词选释》）

梦扬州

晚云收。正柳塘、烟雨初休。燕子未归，恻恻轻寒如秋。小栏外、东风软，透绣帏、花蜜香稠。江南远，人何处？鹧鸪啼破春愁。

长记曾陪燕游。酬妙舞清歌，丽锦缠

头。殢酒为花，十载因谁淹留？醉鞭拂面归来晚，望翠楼、帘卷金钩。佳会阻，离情正乱，频梦扬州。

◆据《词谱》云：“宋秦观自制词，取词中结句为名。”此词上阕写绣帏中人对征人之思念，下阕抒征人之离情。案《秦谱》:元丰二年己未（1079）正月十五日，少游将如越，“会苏公自徐徙知湖州，遂与偕行，过无锡，游惠山……又会于松江，至吴兴，泊西观音院。”在《泊吴兴西观音院》诗中，少游云：“志士耻沟渎，征夫念桑梓。揽衣轩楹间，啸歌何穷已！”可见怀念桑梓之情，曾见之于吟啸。则此词之作，当于此时。（徐培均《淮海居士长短句笺注》）

◎侧侧轻寒剪剪风，杏花飘雪小桃红。（唐韩偓《寒食夜》）

◎坐中亦有江南客，莫向春风唱鹧鸪。（唐郑谷《席上贻歌者》）

◎十年一觉扬州梦。（唐杜牧《遣怀》）

◆淮海词定有一番姿态。（明沈际飞《草堂诗馀别集》）

◆无名氏《鞓红》云：“悄不管，桃红杏浅。”“管”与“浅”叶。少游《梦扬州》云：“望翠楼，帘卷金钩。”“楼”与“钩”叶。此句法亦本《毛诗·秦风》“吁嗟乎，不承权舆”，“乎”与“舆”叶也。……一句而两韵，名曰短柱，极不易作。（清谢章铤《赌棋山庄词话》）

◆如此丰度，岂非大家杰作！乃为伧父读错注错，可叹哉！“燕子”至“香稠”，与后“殢酒”至“金钩”同。

"燕子"、"殢酒",俱用去上,妙绝。"未"字"困"字用去声,是定格。盖上面用去上,下面用平,此字非去声不足以振起。况有此去(声)字,则落下"轻寒如秋"与"因谁淹留"四个平声字,方为抑扬有调。不解此义,于"燕"、"殢"、"未"、"困"四字俱注"可平","寒"、"谁"二字俱注"可仄",有此《梦扬州》乎?从"长记"起至"金钩",皆追想当时游宴之乐,为酒所殢,为花所困也。沈氏及图谱以"困"作"为",全失意味。而沈氏又注云:"为,一作困。"不惟平声失调,而下即有"因谁"之"因"字,岂不一顾耶?(清万树《词律》)

◆按《词谱》:"正柳塘烟雨初休"句,"柳塘"下有"花坞"二字;又"人何处"句,"人"字下有"今"字。《词纬》、叶《谱》均同,应遵补。(清杜文澜《词律》补注)

雨中花

指点虚无征路,醉乘班虬,远访西极。正天风吹落,满空寒白。玉女明星迎笑,何苦自淹尘域?正火轮飞上,雾卷烟开,洞观金碧。

重重观阁,横枕鳌峰,水面倒衔苍石。随处有奇香幽火,杳然难测。好是蟠桃熟后,阿环偷报消息。任青天碧海,一枝难遇,占取春色。

◆宋惠洪《冷斋夜话》云："少游元丰初梦中作长短句曰：'指点虚无征路……'既觉，使侍儿歌之，盖《雨中花》也。"案此词虽写梦境，然现实中亦有凭藉，似与金山有关。元丰三年庚申（1080），鲜于侁为扬州守，邵彦瞻为扬州从事。是岁苏辙将赴高安，过高邮，与少游相从数日。苏辙有《陪彦瞻游金山》诗，诗云："僧居厌山小，面面贴苍石。"鲜于侁和诗有曰："蓬莱三神山，横绝倚鳌背。倾海水动，一峰失所在。飞来大江心，盘礴几千载。化为金仙居，龙象错朱贝。"少游亦作诗相和，云："忽蒙珠璧投，了与云峦遇。幽光炯肝肺，爽气森庭户。区中多滞念，方外饶奇趣。"诸诗与此词之意境、艺术构思相仿，可定为同时之作。（徐培均《淮海居士长短句笺注》）

◎蓬莱织女回云车，指点虚无是征路。（唐杜甫《送孔巢父谢病归游江东兼呈李白》）

◎周穆王时，西极之国有化人来。（《列子·周穆王》）

◎《列子·汤问》："渤海之东……有大壑焉……其中有五山。……而五山之根，无所连着，常随波上下往还。……帝恐流于西极……使巨鳌十五举首而戴之……五山始峙。"魏曹植《远游》诗："灵鳌戴方丈，神物俨嵯峨，仙人翔其隅，玉女戏其阿。"此词似受其影响。（徐培均《淮海居士长短句笺注》）

◎七月七日，西王母降，以仙桃四颗与帝，帝食辄留其核。王母问帝，帝曰："欲种之。"母曰："此桃三千年一生实，中夏地薄，种之不生。"帝乃止。（《汉武帝内传》）

◎阿环：传说中的上元夫人，此处以阿环比作西王母的信使。

◎嫦娥应悔偷灵药，碧海青天夜夜心。（唐李商隐《嫦娥》）

◆旧刻"见天风"八字句，余细玩之，"寒"字下应有一叶韵字而落去耳。此二句正同前辛词（指辛弃疾"旧雨常来"一首）"幸山中"九字也。后段旧刻"在天碧海"，无理，余谓亦有一"青"字，此句五字，与前"正火轮"句同也。（清万树《词律》）

一丛花

年时今夜见师师，双颊酒红滋。疏帘半卷微灯外，露华上、烟袅凉飔。簪髻乱抛，偎人不起，弹泪唱新词。

佳期谁料久参差？愁绪暗萦丝。想应妙舞清歌罢，又还对秋色嗟咨。惟有画楼，当时明月，两处照相思。

◆清徐釚《词苑丛谈》卷七引《词品拾遗》云"秦少游赠汴城李师师《生查子》"，其词姑存疑，然可证《一丛花》作于汴京。案《续资治通鉴长编》卷四六三："元祐六年八月戊子朔……以赵君锡《论秦观疏》付三省，刘挚私志其事云：'初，除观为正字，用君锡之荐。既而，贾易诋观不检之罪。同日君锡亦有章云：臣前荐观，以其有文学；今始知薄于行，愿寝前荐。'"所谓行为"不检"，"薄于行"，当指与歌妓来往。词云"年时今夜"，又云"对秋色嗟咨"，当指事发之前，盖为元祐五年庚午（1090）八月中秋前后所作。（徐培均《淮海居士长短句

笺注》)

　　◎年时：宋时方言，犹当年或那时。

　　◎师师，泛指当时名妓。

　　◎参差：错过。

　　◎今夜鄜州月，闺中只独看。遥怜小儿女，未解忆长安。香雾云鬟湿，清辉玉臂寒。何时倚虚幌，双照泪痕干。（唐杜甫《月夜》）

　　◆是其末路仳离，与唐时泰娘绝相类，较明之王嫩、卞玉京，所遇尤不如。惟子野系宋仁宗时人，少游于哲宗初贬死藤州，均去徽宗时甚远，岂宋有两师师耶？（清丁绍仪《听秋声馆词话》）

鼓笛慢

　　乱花丛里曾携手，穷艳景，迷欢赏。到如今谁把，雕鞍锁定，阻游人来往？好梦随春远，从前事、不堪思想。念香闺正杳，佳欢未偶，难留恋，空惆怅。

　　永夜婵娟未满，叹玉楼、几时重上？那堪万里，却寻归路，指《阳关》孤唱。苦恨东流水，桃源路、欲回双桨。仗何人细与，丁宁问呵，我如今怎向？

　　◆《白雨斋词话》卷一："少游《满庭芳》诸阕，大半被放后作。恋恋故国，不胜热中。"以此数语解此词，似更确切。"那堪万里"，指远谪郴州。"桃源路欲回双桨”，犹之《踏莎行》词所云“桃源望断无寻处”。此词之作，当在绍圣四年丁丑（1097）之后。（徐培均《淮海居士长短句笺注》）

◎恨薄情一去，音书无个。早知恁么，悔当初，不把雕鞍锁。（宋柳永《定风波》）

◎晋太元中，武陵人，捕鱼为业，缘溪行，忘路之远近，忽逢桃花林……林尽水源，便得一山，山有小口，仿佛若有光，便舍船从口入。……既出，得其船，便扶向路，处处志之。（晋陶渊明《桃花源记》）

◎怎向：怎奈、奈何。

◆“如今谁把”至“未偶”，与后“那堪万里”至“问呵”相同，但前多一“到”字耳。旧谱注“锁”字断句，误。观“阻游人”以下，与后“指阳关”以下，无一字平上去入不合。“阻”字“指”字，乃一字领句也。奈何乱注乎！“呵”字上声，正与前“偶”字同，而谱乃认作平声，可叹。独不见朱希真《满路花》以“呵”字煞尾，叶“火”“里”等耶？（清万树《词律》）

◆前二阕（指本篇及《望海潮》其四）写离怀，语意较少游其它作品为朴拙，如“成病也因谁”、“问呵，我如今怎向”，皆情深语浅，曲曲传出儿女柔情。（龙榆生《苏门四学士词·秦观》）

促拍满路花

露颗添花色，月彩投窗隙。春思如中酒，恨无力。洞房咫尺，曾寄青鸾翼。云散无踪迹。罗帐熏残，梦回无处寻觅。

　　轻红腻白，步步熏兰泽。约腕金环重，宜装饰。未知安否？一向无消息。不似寻常忆。忆后教人，片时存济不得。

◎露颗：露珠。

◎月彩：月光。

◎中酒：醉酒。

◎青鸾翼：喻书信。

◎兰泽，以兰浸油泽以涂头。（《文选》宋玉《神女赋》"沐兰泽，含若芳"李善注）

◎攘袖见素手，皓腕约金环。（三国魏曹植《美女篇》。金环：手镯。）

◎一向，指示时间之辞；有指多时者，有指暂时者。秦观《促拍满路花》词："未知安否，一向无消息。"此犹云"许久"。

◎存济，安顿或措置之义。秦观《促拍满路花》："未知安否，一向无消息。不似寻常忆。忆后教人，片时存济不得。"此意云身心安顿不得也。（张相《诗词曲语辞汇释》）

长相思

　　铁瓮城高，蒜山渡阔，干云十二层楼。开尊待月，掩箔披风，依然灯火扬州。绮陌南头，记歌名《宛转》，乡号温柔。曲槛俯清流，想花阴、谁系兰舟？

念凄绝秦弦，感深荆赋，相望几许凝愁。勤勤裁尺素，奈双鱼、难渡瓜洲。晓鉴堪羞，潘鬓点、吴霜渐稠。幸于飞、鸳鸯未老，不应同是悲秋。

◆此词上阕描述往昔欢娱，记忆犹新；下阕"感深荆赋"，讽《九辩》。而《九辩》中有"坎廪兮，贫士失职而志不平；廓落兮，羁旅而无友生"之句，似与词人之坎坷遭遇相合。徐案：少游于熙宁九年访湖州李公择，经镇江（见拙著《秦少游年谱长编》），元丰二年夏四月乘苏轼官船如越省大父承议公，途经润州，大风留金山两日；元丰七年八月十九日与滕元发等会苏轼于金山，十月复来，作宿金山、金山晚眺二诗，可见对镇江形胜至为熟悉。此词至迟作于元丰七年（1083）之秋。（徐培均《淮海居士长短句笺注》）

◎（镇江）子城，吴大帝所筑，内外甃以甓，号铁瓮城。《图经》言：古号铁城者，以其坚固如金城也。（《镇江府志》）

◎蒜山在镇江府治西三里西津渡口，北临大江，无峰岭，山多泽蒜，故名。或谓周瑜、孔明会此，计破曹操，人谓其多算，因亦名蒜山。（《一统志》）

◎绮陌：指纵横交错的道路。

◎是夜，后进合德，帝大悦，以辅属体，无所不靡，谓为温柔乡。谓樊嫕曰："吾老是乡矣，不能效武皇帝更求白云乡也。"（旧题汉伶玄《飞燕外传》）

◎汝不闻秦筝声最苦，五色缠弦十三柱。（唐岑参

《秦筝歌送外甥萧正归京》）

◎荆赋：指《楚辞》中宋玉的《九辩》。

◎客从远方来，遗我双鲤鱼。呼儿烹鲤鱼，中有尺素书。（古乐府《饮马长城窟行》）

◎潘鬓：指头斑白。

◎吴霜点归鬓，身与塘蒲晚。（唐李贺《还自会稽歌》）

◎悲哉，秋之为气也！萧瑟兮，草木摇落而变衰。（战国宋玉《九辩》）

◆（首句）出调高爽，不尚纤丽，词家正声。（明徐渭评点段斐君刊本《淮海集长短句》）

◆杨无咎同调词末附注：逃禅自注此词，乃用贺方回。而淮海"铁瓮城高"一首，与此韵脚相同。想扬州怀古，秦、贺同作也。秦尾句汲古阁刻作"鸳鸯未老"，不误也。词汇刻"鸳鸯未老绸缪"为是。但此词第二句是"蒜山渡阔"，"蒜"、"渡"二字作去声，甚妙，正与杨词"淡"、"障"二字合，词汇乃作"金山"，"金"字平声，一字之讹，相去河汉矣。（清万树《词律》）

【卷上】

满庭芳

山抹微云，天连衰草，画角声断谯门。暂停征棹，聊共引离罇。多少蓬莱旧事，空回首、烟霭纷纷。斜阳外，寒鸦万点，流水绕孤村。

销魂，当此际，香囊暗解，罗带轻分。谩赢得青楼，薄倖名存。此去何时见也？襟袖上、空惹啼痕。伤情处，高城望断，灯火已黄昏。

◆《苕溪渔隐丛话·后集》卷三十三引《艺苑雌黄》云："程公辟守会稽，少游客焉，馆之蓬莱阁。一日，席上有所悦，自尔眷眷不能忘情，因赋长短句，所谓'多少蓬莱旧事，空回首、烟霭纷纷'是也。"少游于元丰二年己未（1079）五月如越，省大父承议公及叔父秦定，与郡守程公（师孟）相得甚欢。其《谢程公辟启》云："从游八月，大为北客之美谈；酬唱百篇，永作东吴之盛事。"《别程公辟给事诗》又云："裘敝黑貂霜正急，书传黄犬岁将穷。"可见他离越时已届岁暮，与词中"衰草"、"寒鸦"等景象恰相符合。该诗复云"月下清歌盛小丛"，"回首蓬莱梦寐中"，则可证词中所谓"蓬莱旧事"者，乃与一歌妓之恋情也。盛小丛系唐时越地歌妓，少游借指"席上有所悦"之人。故知此词作于元丰二年岁暮。（徐培均《淮海居士长短句笺注》）

◎寒鸦千万点，流水绕孤村。（宋叶梦得《避暑录话》卷二引隋炀帝诗）

◎黯然销魂者，唯别而已矣！（南朝江淹《别赋》）

◎待翡翠屏开，芙蓉帐掩，与把香囊解。（宋贺铸《薄幸》）

◎十年一觉扬州梦，赢得青楼薄倖名。（唐杜牧《遣怀》）

◆秦少游亦善为乐府，语工而入律，知乐者谓之作家歌，元丰间盛行于淮楚。"寒鸦千万点，流水绕孤村"，本隋炀帝诗也，少游取以为《满庭芳》词，而首言"山抹微云，天黏衰草”，尤为当时所传。苏子瞻于四学士中最善少游，故他文未尝不极口称善，岂特乐府？然犹以气格为病，故尝戏云："山抹微云秦学士，露华倒影柳屯田。""露华倒影"，柳永《破阵子》语也。（宋叶梦得《避暑录话》）

◆秦少游自会稽入京，见东坡。坡曰："久别当作文甚胜，都下盛唱公'山抹微云'之词。"秦逊谢。坡遽云："不意别后，公却学柳七作词。"秦答曰："某虽无识，亦不至是。先生之言，无乃过乎？"坡云："'销魂当此际'，非柳词句法乎？"秦惭服。然已流传，不复可改矣。（宋黄昇《花庵词选》卷二苏子瞻《永遇乐·夜登燕子楼梦盼盼因作此词》附注）

◆其词极为东坡所称道，取其首句，呼之为"山抹微云"君。中间有"寒鸦万点，流水绕孤村"之句，人皆以为少游自造此语，殊不知亦有所本。予在临安，见平江梅知录云："隋炀帝诗云：'寒鸦千万点，流水绕孤村。'少游用此语也。"（宋胡仔《苕溪渔隐丛话·后集》引《艺苑雌黄》）

◆近世以来作者，皆不及秦少游。如"斜阳外，寒鸦数点，流水绕孤村"。虽不识字，亦知是天生好言语。（宋魏庆之《诗人玉屑》卷二十一引晁无咎评）

◆范内翰祖禹作《唐鉴》，名重天下，坐党锢事久之。其幼子温，字元实，与吾善。……温尝预贵人家会。贵人有侍儿，善歌秦少游长短句，坐间略不顾温；温亦谨，不敢吐一语。及酒酣欢洽，侍儿者始问："此郎何人耶？"温遽起，叉手而对曰："某乃'山抹微云'女婿也。"闻者多绝倒。（宋蔡絛《铁围山丛谈》卷四）

◆杭之西湖，有一倅闲唱少游《满庭芳》，偶然误举一韵云：“画角声断斜阳。”妓琴操在侧云：“‘画角声断谯门’，非‘斜阳’也。”因戏之曰：“尔可改韵否？”琴即改作“阳”字韵云：“山抹微云，天连衰草，画角声断斜阳。暂停征棹，聊共饮离觞。多少蓬莱旧侣，频回首、烟霭茫茫。孤村里，寒鸦万点，流水绕低墙。 魂伤，当此际，轻分罗带，暗解香囊。漫赢得青楼，薄幸名狂。此去何时见也，襟袖上空有馀香。伤心处，高城望断，灯火已昏黄。”东坡闻而称赏之。（宋吴曾《能改斋漫录》卷十六）

◆“寒鸦千万点，流水绕孤村。”隋炀诗也；“寒鸦数点，流水绕孤村。”少游词也。语虽蹈袭，然入词尤是当家。（明王世贞《艺苑卮言》）

◆范元实，范祖禹之子，秦少游婿也，学诗于山谷，作《诗眼》一书。为人凝重，尝在歌舞之席，终日不言。妓有问之曰：“公亦解词曲否？”笑答曰：“吾乃山抹微云女婿也。”可见当时盛唱此词。（明杨慎《词品》）

◆只用平澹意写法，却酸酸楚楚。“寒鸦”二句，虽用隋炀帝句，恰当自然，真色见矣。（世经堂康熙十七年残本《词综》）

◆回首处斜阳远眺，情何殷也！伤情处黄昏独坐，情难遣矣！（明李攀龙《草堂诗馀隽》）

◆少游叙旧事有寒鸦流水之语，已令人赏目赏心。至下襟袖啼痕，只为秦楼薄倖，情思迫切。坡公最爱此词。（同上）

◆“寒鸦”二句，朱希真又化作小词云：“看到水如云，送尽鸦成点。”（明卓人月《古今词统》）

◆“山抹微云秦学士”，“露华倒影柳屯田”，“晓风残月柳三变”，“滴粉搓酥左与言”，一句之工，形诸口号。当日风尚所存，甄藻自尔不爽。（清朱彝尊《词综发

凡》）

◆（评“斜阳外”三句）余谓此语在隋炀帝诗中，只属平常，入少游词特为妙绝。盖少游之妙，在“斜阳外”三字，见闻空幻。又“寒鸦”、“流水”，炀帝以五言划为两景，少游用长短句错落，与“斜阳外”三景合为一景，遂如一幅佳图。此乃点化之神。必如此，乃可用古语耳。（清贺贻孙《诗筏》）

◆诗重发端，惟词亦然，长调尤重。有单起之调，贵突兀笼罩，如东坡“大江东去”；有对起之调，贵从容整炼，如少游“山抹微云，天黏衰草”是。（清沈祥龙《论词随笔》）

◆自起至换头数语，俱是追叙，玩结处自明。（清许昂霄《词综偶评》）

◆将身世之感，打并入艳情，又是一法。（清周济《宋四家词选》）

◆下阕不假雕琢，水到渠成，非平钝者所能借口。（清谭献《谭评词辨》）

◆词有袭前人语而得名者，虽大家不免，如方回“梅子黄时雨”，耆卿“杨柳岸、晓风残月”，少游“寒鸦数点，流水绕孤村”，幼安“是他春带愁来，春归何处，却不解、带将愁去”等句。惟善于调度，正不以有蓝本为嫌。（清吴衡照《莲子居词话》）

◆秦淮海为苏门四客之一，《满庭芳》一曲，唱遍歌楼。（清邓廷桢《双砚斋词话》）

◆沈（际飞）曰：“人之情，至少游而极。结句‘已’字，情波几叠。”（清黄苏《蓼园词选》）

◆少游词“山抹微云，大黏衰草”，其用意在“抹”字、“黏”字。况庾阐赋：“浪势黏天。”张祜诗：“草色黏

天鷾鳩恨。"俱有来历。俗以"黏"作"连",益信其谬。（清张宗橚《词林纪事》卷六引钮玉樵）

◆少游《满庭芳》诸阕，大半被放后作。恋恋故国，不胜热中。其用心不逮东坡之忠厚，而寄情之远，措语之工，则各有千古。（清陈廷焯《白雨斋词话》）

◆宋人如"红杏尚书"、"贺梅子"、"张三影"、"山抹微云秦学士"、"露华倒影柳屯田"、"晓风残月柳三变"、"滴粉搓酥左与言"之类，皆以一语之工，倾倒一世。宋与柳、左无论矣，独惜张、秦、贺三家，不乏杰作，而传诵者转以次乘，岂《白雪》、《阳春》，竟无和者与？为之三叹。（同上）

◆诗情画景，情词双绝。此词之作，其在坐贬后乎？（清陈廷焯《词则·大雅集》）

◆起三句写凉秋风物，一片萧飒之音，已隐含离思。四、五两句叙明停鞭饯别，此后若接写别离，便落恒径。作者用拓宕之笔追怀往事，局势振起，且不涉儿女语，而托之蓬岛烟云，尤见超逸。"斜阳外"三句，传神绵渺，向推隽永。下阕纯叙离情。结笔返棹归来，登城遥望征帆，已隔数重烟浦，阑珊灯火，只益人悲耳。（俞陛云《唐五代两宋词选释》）

◆不知淮海"山抹微云"原词，虽题作"晚景"，实是别妓。盖不仅从语意得知，即秦词"高城望断，灯火已黄昏"之结语，用唐欧阳詹别太原妓申氏姊妹之典，更为可证也。（陈寅恪《柳如是别传》第三章论陈子龙《满庭芳·和少游送别》）

◆而《满庭芳》"山抹微云"篇，即作客于会稽时……其伤离念远之作，类此者甚多；而其技术之精进，则在"情景交炼，得言外意"。（龙榆生《苏门四学士·秦

又

红蓼花繁，黄芦叶乱，夜深玉露初零。霁天空阔，云淡楚江清。独棹孤篷小艇，悠悠过、烟渚沙汀。金钩细，丝纶慢卷，牵动一潭星。

时时，横短笛，清风皓月，相与忘形。任人笑生涯，泛梗飘萍。饮罢不妨醉卧，尘劳事、有耳谁听？江风静，日高未起，枕上酒微醒。

◆少游《龙井题名记》曰："元丰二年中秋后一日，余自吴兴过杭，东还会稽，龙井辩才法师以书邀余入山。比出郭，已日夕，航湖至普宁，遇道人参寥。问龙井所遣篮舆，则曰以不时至矣。是夕，天宇开霁，林间月明，可数毛发。"所云季节、时间，天光月色，颇与词境相似。而超尘出俗之思想感情，想亦受辩才、参寥诸僧影响。据此，词似作于此时。（徐培均《淮海居士长短句笺注》）

◎酒尽欲终问后期，泛萍浮梗不胜悲。（唐徐夤《别诗》）

◎尘劳事：谓扰乱身心的俗事。

◆一丝牵动一潭星，惊人语也。眠风醉月渔家乐，洵不可诬。（明李攀龙《草堂诗馀隽》）

◆值秋宵之景，驾一叶扁舟于凫渚鸥汀之中，潇洒脱

◆（"金钩细"三句）惊绝。（清陈廷焯《词则·大雅集》）

又

碧水惊秋，黄云凝暮，败叶零乱空阶。洞房人静，斜月照徘徊。又是重阳近也！几处处、砧杵声催。西窗下，风摇翠竹，疑是故人来。

伤怀，增怅望，新欢易失，往事难猜。问篱边黄菊，知为谁开？谩道愁须殢酒，酒未醒、愁已先回。凭栏久，金波渐转，白露点苍苔。

◆此词云"几处处、砧杵声催"，又云"问篱边黄菊，知为谁开"，抒写思归情怀；又所谓"新欢易失"，疑指长沙义妓。《蓼园词选》谓"应是在谪时作"，当在绍圣四年（1097）谪居郴州时作。（徐培均《淮海居士长短句笺注》）

◎风吹一片叶，万物已惊秋。（唐杜牧《早秋客舍》）

◎洞房：指深邃的内室。

◎佳人理寒服，万结砧杵劳。（《乐府诗集·子夜四时歌·秋歌》）

◎微风惊暮至，临牖思悠哉。开门复动竹，疑是故人来。（唐李益《竹窗闻风寄苗发司空曙》）

◎怅望千秋一洒泪，萧条异代不同时。（唐杜甫《咏怀古迹》之二）

◎采菊东篱下，悠然见南山。（晋陶潜《饮酒》第五）

◎酒未到，愁肠还醒。（宋沈邈《剔银灯》）

◎金波：状月光浮动，亦以指月。

◆待月迎风，情怀如诉。酒堪破愁，真愁非酒能破。（明李攀龙《草堂诗馀隽》）

◆托意高远，措词洒脱，而一种秋思，都为故人。展转诵者，当领之言先。（同上）

◆（上阕）经少游手随分铺写，定尔闲雅高适。（明沈际飞《草堂诗馀·正集》）

◆（"谩道"三句）此意道过矣，萦人不休。（同上）

◆"晚色云开"调下批语：少游此调《满庭芳》"碧水惊秋"有云："漫道愁须殢酒，酒未醒、愁已先回。"佳句也。（世经堂康熙十七年残本《词综》）

◆亦应是在谪时作。"风摇"二句，写得蕴藉，非故人也，风也，能弗黯然？"酒未醒、愁先回"，意亦曲而能达。结句清远。（清黄苏《蓼园词选》）

江城子

西城杨柳弄春柔，动离忧，泪难收。犹记多情曾为系归舟。碧野朱桥当日事，人不见，水空流。

韶华不为少年留，恨悠悠，几时休？

飞絮落花时候一登楼。便做春江都是泪，流不尽，许多愁。

◆词云"西城杨柳"，当指汴京顺天门外。宋晁端礼《水龙吟》词（倦游京洛风尘）："记南楼醉里，西城歌阕，都不管，人春困。"又称西池。宋晁叔用《临江仙》："忆昔西池池上饮，年年多少欢娱。"少游《千秋岁》："忆昔西池会，鹓鹭同飞盖。"因其地有金明池，故称。宋孟元老《东京梦华录》卷七谓金明池"池之东岸，临水近墙，皆垂杨"。明李濂《汴京遗迹志》卷八谓"金明池在城西郑门外西北"。少游于绍圣元年甲戌（1094）春三月坐党籍，出为杭州通判。词云"飞絮落花时候一登楼"，又云"动离忧，泪难收"，时与事皆相合。词盖作于此时。（徐培均《淮海居士长短句笺注》）

◎杨柳丝丝弄轻柔，烟缕织成愁。（宋王雱《眼儿媚》）

◎飞絮落花时节近清明。（五代张泌《江城子》）

◎做，犹使也，以应用于假设口气时为多。……秦观《江城子》词："便做春江都是泪，流不尽，许多愁。"朱淑真《蝶恋花》词："满目山川闻杜宇，便做无情，莫也愁人意。"……凡云便做，皆犹云便使或就使也。（张相《诗词曲语辞汇释》）

◆此结语又从坡公结语（指苏轼《江城子·别徐州》词："欲寄相思千点，流不到，楚江东。"）转出，更进一步。（明忏花盦丛书本《草堂诗馀》杨慎批语）

◆只为人不见，转一番思。种种景，种种情，如怨如诉。（明李攀龙《草堂诗馀隽》）

◆碧野朱桥，正是离别之处。飞絮落花言其景，春江二句言其情也。（同上）

◆前结似谢，后结似苏，易其名，几不能辨。李后主"问君能有几多愁？恰似一江春水向东流"，少游翻之，文人之心，浚于不竭。（明沈际飞《草堂诗馀·正集》）

◆"飞絮"九字凄咽。以下尽情发，却终未道破。（清陈廷焯《词则·大雅集》）

◆结尾二句，与李后主之"恰似一江春水向东流"、徐师川之"门外重重叠叠山，遮不断，愁来路"，皆言愁之极致。（俞陛云《唐五代两宋词选释》）

◆其小令得《花间》、《尊前》遗韵者，如《江城子》"西城杨柳弄春柔"、《浣溪沙》"漠漠轻寒上小楼"，并有深婉不迫之趣。（龙榆生《苏门四学士·秦观》）

又

南来飞燕北归鸿，偶相逢，惨愁容。绿鬓朱颜重见两衰翁。别后悠悠君莫问，无限事，不言中。

小槽春酒滴珠红，莫匆匆，满金钟。饮散落花流水各西东。后会不知何处是？烟浪远，暮云重。

◆揆诸词意，盖哲宗元符三年庚辰（1100）在雷州时所作。是岁正月，哲宗崩，徽宗即位，五月下赦令，迁臣多内徙。东坡量移廉州，六月二十五日过雷州、与少游相会。少游出自作《挽词》，东坡抚其背曰："某尝忧逝，未尽此理，今复何言？某亦尝自为志墓文，封付从者，不使过子知也。"此词云"重见两衰翁"，盖指二人之重逢，时东坡年六十四，少游亦五十二，屡窜南荒，容颜易老，故以为喻。（徐培均《淮海居士长短句笺注》）

◎南来燕：作者自喻。北归鸿：喻东坡自琼州北还。

◎琉璃钟，琥珀浓，小槽酒滴真珠红。（唐李贺《将进酒》）

◎雅态妍姿正欢洽，落花流水忽西东。（宋柳永《雪梅香》）

◎渭北春天树，江东日暮云。（唐杜甫《春日忆李白》）

◎念去去千里烟波，暮霭沉沉楚天阔。（宋柳永《雨霖铃》）

◆亦疏落，亦沉郁。（清陈廷焯《词则·别调集》）

又

枣花金钏约柔荑，昔曾携，事难期。咫尺玉颜和泪锁春闺。恰似小园桃与李，虽同处，不同枝。

玉笙初度颤鸾篦，落花飞，为谁吹？月冷风高此恨只天知。任是行人无定处，重相见，是何时？

◎手如柔荑，肤如凝脂。（《诗经·卫风·硕人》）

◎回面共人闲语，战篦金凤斜。（唐温庭筠《思帝

满园花

一向沉吟久，泪珠盈襟袖。我当初不合苦拽就，惯纵得软顽，见底心先有。行待痴心守，甚捻着脉子，倒把人来僝僽。

近日来非常罗皂丑，佛也须眉皱。怎掩得众人口？待收了字罗，罢了从来斗。从今后，休道共我，梦见也、不能得勾。

卷上

◆此词以俚语写情人之间呕气，似受汴京勾栏艺人影响。盖作于元祐五年至八年（1090—1093）供职秘书省期间。（徐培均《淮海居士长短句笺注》）

◎一向，犹云一味或一意也。……秦观《满园花》词："一向沉吟久，泪珠盈襟袖。""一向沉吟"，犹云一意沉吟也。（张相《诗词曲语辞汇释》）

◎拽就，犹云迁就或温存也。……秦观《满园花》词："我当初不合苦拽就，惯纵得软顽，见底心先有。""苦就"，犹云太迁就也。（张相《诗词曲语辞汇释》）

◎惯纵：纵容、放任，即过于宠爱之意。

◎软顽：犹撒娇。

◎底，犹何也；甚也。（张相《诗词曲语辞汇释》）

◎捻着脉子：医生用手给病人切脉。这里借指握着手臂。

◎僝僽，犹云呕气或骂詈也。黄庭坚《忆帝京》词：

"恐那人知后，镇把你来僝僽。"犹云把你来骂詈也。秦观《满园花》词："行待痴心守，甚捻着脉子，倒把人来僝僽。"义同上。（张相《诗词曲语辞汇释》）

◎苧罗：圆形竹篮，一称苧篮、蒲篮。斗：量器，容十升。

◎不能得勾：不能够。

◆语不经，却津津然。（明沈际飞《草堂诗馀别集》）

◆方言硬用之，即累正气。（同上）

◆（"我不合"数句）浑似元人杂剧口吻。（明徐渭评点段斐君刊本《淮海集长短句》）

◆鄙野不经之谈，偏饶雅韵。（明卓人月《古今词统》）

◆此调既与前调徐案：指方千里《满路花》"莺飞翠柳摇"一首牌名相似，而句法亦多相合。前段竟同，只多一"惯"字与"甚"字耳。后段稍，然"佛也"句、"罢了"句及结处二句，俱与前调仿佛。故以附于《满路花》之后，而《一枝花》尤为吻合，故类列焉。（清万树《词律》）

◆柳七最尖锐，时有俳狎，故子瞻以是呵少游。若山谷亦不免，如"我不合太撋就"类，下此则蒜酪体也。（清刘体仁《七颂堂词绎》）

◆秦少游"一向沉吟久"，大类山谷归田乐引，铲尽浮词，直抒本色，而浅人常以雕绘傲之。此等词极难作，然亦不可多作。（清沈谦《填词杂说》）

◆悔不当初，恨极乃结以诅咒。（龙榆生《苏门四学士·秦观》）

迎春乐

菖蒲叶叶知多少，惟有个、蜂儿妙。雨晴红粉齐开了，露一点、娇黄小。

早是被、晓风力暴，更春共、斜阳俱老。怎得香香深处，作个蜂儿抱？

◎终风且暴。（《诗经·邶风·终风》。传："暴，疾也。"）

◎树头蜂抱花须落，池面鱼吹柳絮行。（唐韩偓《残春旅舍》）

◆巧妙微透，不厌百回读。（明沈际飞《草堂诗馀别集》）

◆柳耆卿"却傍金笼教鹦鹉，念粉郎言语"，花间之丽

秦观词集

句也。辛稼轩"蓦然回首，那人却在灯火阑珊处"，秦周之佳境也。少游"怎得香香深处，作个蜂儿抱"，亦近似柳七语矣。（清彭孙遹《金粟词话》）

◆读古人词，贵取其精华，遗其糟粕。且如少游之词，几夺温、韦之席，而亦未尝无纤丽之语。读《淮海集》，取其大者、高者可矣。若徒赏其"怎得香香深处，作个蜂儿抱"等句（此语彭羡门亦赏之，以为近似柳七语。尊柳抑秦，匪独不知秦，并不知柳，可发大噱），则与山谷之"女边着子，门里安心"，其鄙俚纤俗，相去亦不远矣。少游真面目何由见乎？（清陈廷焯《白雨斋词话》）

◆谀媚之极，变为秽亵。秦少游"怎得香香深处，作蜂儿抱"，柳耆卿"愿得奶奶兰心蕙性，枕前言下，表余深意"，所以"销魂当此际"，来苏长公之诮也。（清沈雄《古今词话·词品》）

鹊桥仙

纤云弄巧，飞星传恨，银汉迢迢暗度。金风玉露一相逢，便胜却、人间无数。

柔情似水，佳期如梦，忍顾鹊桥归路。两情若是久长时，又岂在、朝朝暮暮。

◎飞星：流星。

◎桂阳成武丁有仙道，常在人间，忽谓其弟曰："七月七日，织女当渡河，诸仙悉还宫，吾向已被召，不得暂停，与尔别矣。"弟问曰："织女何事渡河？兄当何还？"答曰："织女暂诣牵牛，一去后三千年当还。"明旦果失武丁所在。世人至今犹云："七月七日织女嫁牵牛。"（南朝吴均《续齐谐记》）

◎今日云軿度鹊桥，应非脉脉与迢迢。（唐权德舆《七夕》）

◎由来碧落银河畔，可要金风玉露时。（唐李商隐《辛未七夕》）

◎莫云天上稀相见，犹胜人间去不回。（宋欧阳修《七夕》）

◎玉露初零，金风未凛，一年无似此佳时。（宋晁端礼《绿头鸭》）

◎柔情不断如春水。（宋寇準《夜度娘》）

◎织女七夕当渡河，使鹊为桥。相传七日鹊首无故皆髡，因为梁以渡织女故也。（唐韩鄂《岁华纪丽》引《风俗通》）

◎妾在巫山之阳，高丘之阻，旦为朝云，暮为行雨，朝朝暮暮，阳台之下。（战国宋玉《高唐赋》）

◆相逢胜人间，会心之语。两情不在朝暮，破格之谈。七夕歌以双星会少别多为恨，独少游此词谓"两情若是久长"二句，最能醒人心目。（明李攀龙《草堂诗馀隽》）

◆（末句）数见不鲜，说得极是。（明卓人月《古今词统》）

◆七夕以双星会少别多为恨，独谓情长不在朝暮，化臭腐为神奇。（明沈际飞《草堂诗馀·正集》）

◆按七夕歌以双星会少别多为恨，少游此词谓两情若是久长，不在朝朝暮暮，所谓化臭腐为神奇。凡咏古题，须独出新裁，此固一定之论。少游以坐党（籍）被谪，思君臣际会之难，因托双星以写意；而慕君之念，婉恻缠绵，令人意远矣。（清黄苏《蓼园词选》）

◆夏闰庵云："七夕词最难作，宋人赋此者，佳作极少，惟少游一首可观。晏小山《蝶恋花》赋七夕尤佳。"（俞陛云《唐五代两宋词选释》）

◆《鹊桥仙》云："两情若是久长时，又岂在朝朝暮暮。"《千秋岁》云："春去也，飞红万点愁如海。"《浣溪沙》云："自在飞花轻似梦，无边丝雨细如愁。"此等句，皆思路沉着，极刻画之工，非如苏词之纵笔直书也。北宋词家以缜密之思，得遒劲之致者，惟方回与少游耳。（吴梅《词学通论》）

菩萨蛮

虫声泣露惊秋枕，罗帏泪湿鸳鸯锦。独卧玉肌凉，残更与恨长。

阴风翻翠幔，雨涩灯花暗。毕竟不成眠，鸦啼金井寒。

◎毕竟不成眠，一夜长如岁。（宋柳永《忆帝京》）

◎鸡人罢唱晓珑璁，鸦啼金井下疏桐。（唐李贺《河南府试十二月乐词·九月》）

◆语少情多。（明徐渭评点段斐君刊本《淮海集长短句》）

◆惟其恨长，是以眠为不成。（明李攀龙《草堂诗馀隽》）

◆点缀处最是针门一线，洵是天孙妙手！（同上）

◆"毕竟"二字，写尽一夜之辗转。（明卓人月《古今词统》）

◆苦境。（明陆云龙《词菁》）

◆予读有宋诸公作，虽雅号名家，篇盈什百，若秦观秋闺，"幔"、"暗"累押；仲淹怀旧，"外"、"泪"莫辨。……故知当时便已纵逸，徒以世无通韵之人，故传讹迄今，莫能弹射。（清徐釚《词苑丛谈》引毛先舒云）

◆清丽为邻，且馀韵不尽，颇近五代词意。（俞陛云《唐五代两宋词选释》）

减字木兰花

天涯旧恨，独自凄凉人不问。欲见回肠，断尽金炉小篆香。

黛蛾长敛，任是东风吹不展。困倚危楼，过尽飞鸿字字愁。

◆此首写离恨至深，首句云"天涯旧恨，独自凄凉人不问"，下阕云"困倚危楼，过尽飞鸿字字愁"，恐是被放至湖南所作。其时似在绍圣三年丙子（1096）。（徐培均《淮海居士长短句笺注》）

◎近世尚奇者作香，篆其文，准十二辰，分一百刻，凡燃一昼夜而已。（宋洪刍《香谱》）

◆"回肠"二句及"黛蛾"二句，寻常之意，以曲折之笔写出，便生新致。结句含蕴有情。（俞陛云《唐五代两宋词选释》）

木兰花

秋容老尽芙蓉院，草上霜花匀似剪。
西楼促坐酒杯深，风压绣帘香不卷。

玉纤慵整银筝雁，红袖时笼金鸭暖。
岁华一任委西风，独有春红留醉脸。

◆此首似绍圣三年丙子（1096）作于长沙。宋洪迈《夷坚志·己集》云："长沙义妓者，不知其姓氏，善讴，尤喜秦少游乐府，得一篇，辄手笔口哦不置。久之，少游坐钩党南迁，道经长沙，访潭土风俗、妓籍中可与言者。或举妓，遂往访。……媪出设位，坐少游于堂。妓冠帔立堂下，北面拜。少游起且避，媪掖之坐以受拜。已，乃张筵饮，虚左席，示不敢抗。母子左右侍。觞酒一行，率歌少游词一阕以侑之。饮卒甚欢，比夜乃罢。"后洪迈于《容斋四笔》中虽否认此事，然纯属推理，未可成立。且据《容斋四笔》云，当时常州教授锺将之系得其说于李结，并为作传，故知绝非虚构。此词所写，在时间、景物、情境诸方面，颇与长沙义妓事相合，当作于是时。又《永乐大典》卷二〇五三"席"字韵载此词，调下题作"席上书怀事"，似与此事有关。（徐培均《淮海居士长短句笺注》）

◎秋风万里芙蓉国，暮雨千家薜荔村。（唐谭用之《秋宿湘江遇雨》。芙蓉：指木芙蓉，秋季开花，湖南一带多栽培。）

◎霜花草上大如钱，挥刀不入迷濛天。（唐李贺《北中寒》）

◎日暮酒阑，合尊促坐。（《史记·淳于髡传》。促坐：迫近而坐。）

◎十三弦柱雁行斜。（唐李商隐《昨日》）

◎金鸭：谓鸭形铜香炉。

◎春红：指酒后红晕。

◆有诗云"醉脸虽红不是春"，两存之。（明沈际飞《草堂诗馀续集》）

◆张迁公"短发愁催白，衰颜酒借红"，本此。（明卓人月《古今词统》）

◆顽艳中有及时行乐之感。（清陈廷焯《词则·闲情集》）

画堂春

落红铺径水平池，弄晴小雨霏霏。杏园憔悴杜鹃啼，无奈春归。

柳外画楼独上、凭阑手捻花枝。放花无语对斜晖，此恨谁知？

◆少游于元丰五年壬戌（1082）应礼部试，罢归，过南都新亭，有诗寄王子发，中云："娟娟残月照波翻，习习暖风吹鸟哢。……柳枝芳草恨连天，暮雨朝云同昨梦。"与此词节序、感情相合。观"杏园憔悴杜鹃啼，无奈春归"句，知为应试不中而寄寓怨愤之作。姑系此词于是年暮春。（徐培均《淮海居士长短句笺注》）

◎杏园：故址在今陕西西安市郊大雁塔南。唐时为新进士游宴之地。

《画堂春》（落红铺径水平池）词意图

◎莫怪杏园憔悴去，满城多少插花人。（唐杜牧《杏园》）

◎手捻花枝：古人以为表示愁苦无聊之动作，唐宋词中常用之。

◆（末句）不知心恨谁？（明忏花盦丛书本《草堂诗馀》杨慎批语）

◆隽卷四眉批：春归无奈，深情可掬。谁知此恨，何等幽思！（明李攀龙《草堂诗馀隽》）

◆写出闺怨，真情俱在，末语迫真。（同上）

◆（末句）此恨亦知不得。（明沈际飞《草堂诗馀·正集》）

◆填词结句，或以动荡见奇，或以迷离称隽，着一实语，败矣。康伯可："正是销魂时候也，撩乱花飞。"晏叔原："紫骝认得旧游踪，嘶过画桥东畔路。"秦少游："放花无语对斜晖，此恨谁知？"深得此法。（清沈谦《填词杂说》）

◆按一篇主意只是时已过而世少知己耳，说来自娟秀无匹。末二句尤为切挚。花之香，比君子德之芳也，所以捻者以此，所以无语而对斜晖者以此。既无人知，惟自爱自解而已。语意含蓄，清气远出。（清黄苏《蓼园词选》）

千秋岁

水边沙外，城郭春寒退。花影乱，莺声碎。飘零疏酒盏，离别宽衣带。人不见，碧云暮合空相对。

忆昔西池会，鹓鹭同飞盖。携手处，

今谁在？日边清梦断，镜里朱颜改。春去也，飞红万点愁如海。

秦观词集

◆此词创作时间向有二说。一云作于谪处州日，如毛本及《绝妙词选》。宋范成大《石湖集·莺花亭诗序》："秦少游'水边沙外'之词，盖在括苍监征时所作。"（处州近括苍山，亦名括州）明杨慎《词品》卷三言之尤详，谓"秦少游谪处州日，作《千秋岁》词，有'花影乱，莺声碎'之句。后人慕之，建莺花亭。陆放翁有诗云：'沙上春风柳十围，绿阴依旧语黄鹂。故应留与行人恨，不见秦郎半醉时。'"如作于处州，则为绍圣三年丙子（1096）春天。据秦《谱》，是时少游"尝游府治南园，作《千秋岁》词"。另一说以为作于衡阳。宋曾敏行《独醒杂志》卷五："少游谪古藤，意忽忽不乐，过衡阳，孔毅甫为守，与之厚，延留，待遇有加。一日饮于郡斋，少游作《千秋岁》词。毅甫览至'镜里朱颜改'之句，遽惊曰：'少游盛年，何为言语悲怆如此？'遂赓其韵以解之。居数日别去。毅甫送之于郊，复相语终日；归谓所亲曰：'秦少游气貌，大不类平时，殆不久于世矣。'未几，果卒。"《能改斋漫录》卷十七列举孔毅甫、苏东坡、黄山谷次秦少游韵词以证，言之凿凿，似属可信。然词中所写，乃系春景，据秦《谱》，少游乃于绍圣三年丙子（1096）岁暮抵郴州，其经过衡阳，至少在秋天，于词境殊不合。此词似应绍圣三年春作于处州，至衡阳遇孔毅甫饮于郡斋，始录示耳。此词既出，和者甚众，计有苏轼、黄庭坚、孔平仲（毅甫）、李之仪、僧惠洪（以上为北宋，皆少游师友）、王之道、丘崈（以上为南宋），而丘崈则和了三首。他们对

《千秋岁》（水边沙外）词意图

少游或表示慰诲，或致以悼念，形成了迁谪词的高潮。唱和人数之多，与同时代贺铸的《青玉案》（横塘路）不相上下。（徐培均《淮海居士长短句笺注》）

◎风暖鸟声碎，日高花影重。（唐杜荀鹤《春宫怨》）

◎相去日已远，衣带日已缓。（《古诗十九首》之一）

◎日暮碧云合，佳人殊未来。（南朝江淹《拟休上人怨别》）

◎鵷鹭：形容朝官之行列，因其整齐有序如鵷与鹭也。

◎几梦中朝事，依依鵷鹭行。（唐僧齐己《寄郑谷郎中》）

◎晋明帝数岁，坐元帝膝上。有人从长安来……因问明帝：“汝意谓长安何如日远？”答曰：“日远，不闻人从日边来，居然可知。”明日，集群臣宴会，告以此意，更重问之，乃答曰：“日近。”元帝失色曰：“尔何故异昨日之言邪？”答曰：“举目见日，不见长安。”（南朝刘义庆《世说新语·夙惠》。日边：指帝都）

◆王赟，平甫之子，尝云：“今语例袭陈言，但能转移耳。世称秦词‘愁如海’为新奇，不知李国主已云：‘问君能有几多愁，恰似一江春水向东流。’但以‘江’为‘海’耳。”（宋陈师道《后山诗话》）

◆秦少游“水边沙外”之词，盖在括苍监征时所作。予至郡，徐子礼提举按部来过，劝予作小亭，记少游旧事，又取词中语，名之曰莺花，赋诗六绝而去。明年亭成，次韵寄之。诗曰：“滩长石出水平堤，城郭西头旧小溪。游子断魂招不得，秋来春草更萋萋。”“愁边逢酒却成憎，衣带宽来不自胜。烟水苍茫沙外路，东风何处挂枯藤？”“垆下三年世路穷，蚁封盘马竟难工。千山虽隔日边梦，犹到平阳池馆中。”“文章光焰照金闺，岂是遭逢乏圣时？纵有百身那可赎，琳琅空见万篇垂。”“山碧重重四打围，烦将旧恨访黄鹂。缬林霜后黄鹂少，须是愁红万点时。”“古藤阴下醉中休，谁与低眉唱此愁？团扇他年书好句，平生知己识儋州。”（宋范成大《次韵徐子礼提举莺花亭诗序》）

◆秦少游所作《千秋岁》词，予尝见诸公唱和亲笔，乃知在衡阳时作也。少游云：“至衡阳，呈孔毅甫使君。”其词云云，今更不载。毅甫本云：“次韵少游见赠。”其词云：“春风湖外，红杏花初退。孤馆静，愁肠碎。泪馀痕在枕，别久香销带。新睡起，小园戏蝶飞成对。　惆怅谁人会？随处聊倾盖。情暂遣，心何在？锦书消息断，玉漏花阴改。迟日暮，仙山杳杳空云海。”其后东坡在儋耳，侄孙苏元老因赵秀才还自京师，以少游、毅甫所赠酬者寄之。东坡乃次韵，录示元老，且云：“便见其超然自得、不改其度之意。”其词云：“岛边天外，未老身先退。珠泪溅，丹衷碎。声摇苍玉佩，色重黄金带。一万里，斜阳正与长安对。　道远谁云会？罪大天能盖。君命重，臣节在。新恩犹可觊，旧学终难改。吾已矣！乘桴且恁浮于海。”豫章题云：“少游得谪，尝梦中作词云：‘醉卧古藤阴下，了不知南北。’竟以元符庚辰死于藤州光华亭上。崇宁甲申，庭坚窜宜州，道过衡阳，览其遗墨，始追和其《千秋岁》。”词云：“苑边花外，记得同朝退。飞骑轧，鸣珂碎。齐歌云绕扇，赵舞风回带。严鼓断，杯盘狼藉犹相对。　洒泪谁能会？醉卧藤阴盖。人已去，词空在。兔园高宴悄，虎观英游改。重感慨，波涛万顷珠沉海。”晁无咎集中尝载此词而非是也。少游词云：“忆昔西池会，鸳鹭同飞盖。”亦为在京师与毅甫同在于朝，叙其为金明池之游耳。今越州、处州皆指西池在彼，盖未知其本源而云

也。（宋吴曾《能改斋漫录》）

◆少游小词奇丽，想见其神情在绛阙、道山之间。词曰……（略）余兄思禹使余赋崔徽头子词，因次韵曰："半身屏外，睡觉唇红退。春思乱，芳心碎。空馀簪髻玉，不见流苏带。试与问：今人秀韵谁宜对？　湘浦曾同会，手弭青罗盖。疑是梦，巾犹在。十分春易尽，一点情难改。多少事，都随恨远连云海。"（宋胡仔《苕溪渔隐丛话·前集》引《冷斋夜话》）

◆王荇平甫之子，尝云：今语例袭陈言，但能转移耳。世称秦词"愁如海"为新奇，不知李国主已云"问君能有几多愁？恰似一江春水向东流"。但以"江"为"海"耳。（宋胡仔《苕溪渔隐丛话·前集》引《后山诗话》）

◆山谷守当涂日，郭功甫寓焉，日过山谷论文。一日，山谷云少游《千秋岁》词，叹其句意之善，欲和之而"海"字难押。功甫连举数"海"字，若"孔北海"之类。山谷颇厌，未有以却之。次日，功甫又过山谷，问焉。山谷答曰："昨晚偶寻得一'海'字韵。"功甫问其所以。山谷云："羞杀人也爷娘海。"自是功甫不论文于山谷矣。盖山谷用俚语以却之。（同上引《复斋漫录》）

◆苕溪渔隐曰：《古今词话》以古人好词，世所共知者，易甲为乙，称其所作，仍随其词牵合为说，殊无根蒂，皆不足信也。如秦少游《千秋岁》"水边沙外，城郭春寒退"，末云"春去也，飞红万点愁如海"者，山谷尝叹其句意之善，欲知之而以"海"字难押。陈无己言此词用李后主"问君那有几多愁，恰似一江春水向东流"，但以"江"为"海"耳。洪觉范尝和此词，《题崔徽真子》云："多少事，都随恨远连云海。"晁无咎亦和此词吊少游云："重感慨，惊涛自卷珠沉海。"观诸公所云，则此词

少游作明甚，乃以为任世德所作。……皆非也。（同上引《复斋漫录》）

◆秦少游词云："春去也，落红万点愁如海。"今人多能歌此词。方少游作此词时，传至余家丞相。丞相曰："秦七必不久于世，岂有'愁如海'而可存乎？"已而少游果下世。少游第七，故云秦七。（宋曾季狸《艇斋诗话》）

◆少游"水边沙外，城郭春寒退"词，为张芸叟作。有简与芸叟云："古者以代劳歌，此真所谓劳歌。"（同上）

◆太白云："请君试问东流水，别意与之谁短长？"江南李后主云："问君还有几多愁，恰似一江春水向东流。"略加融点，已觉精采。至寇莱公则谓"愁情不断如春水"，少游云"落红万点愁如海"，青出于蓝而胜于蓝矣。（宋陈郁《藏一话腴·甲集》）

◆李颀诗："请量东海水，看取浅深愁。"李后主词："问君还有几多愁，恰似一江春水向东流。"秦少游则三字尽之，曰："落红万点愁如海。"而语益工。刘改之《多景楼》诗："江流千古英雄泪，山掩诸公富贵羞。"一空前作矣。（宋俞文豹《吹剑录》）

◆秦少游尝谪处州，后人摘"柳边沙外"词中语为莺花亭，题咏甚多。惟芮处士一绝云："人言多技亦多穷，随意文章要底工？淮海秦郎天下士，一生怀抱百忧中。"（宋刘克庄《后村诗话续集》）

◆诗家有以山喻愁者。杜少陵云："忧端如山来，澒洞不可掇。"赵嘏云："夕阳楼上山重叠，未抵春愁一倍多。"是也。有以水喻愁者，李颀云："请量东海水，看取浅深愁。"李后主云："问君都有几多愁，恰似一江春水向东流。"秦少游云："落红万点愁如海。"是也。贺方回云：“试问闲愁都几许？一川烟草，满城风絮，梅子黄时雨。”盖以三者比愁之多也，尤为新奇，兼兴中有比，意味更长。（宋罗大经《鹤林玉露·乙编》）

◆《后山诗话》载：王平甫子游谓秦少游“愁如海”之句，出于江南李后主“问君能有几多愁，恰似一江春水向东流”之意。仆谓李后主之意又有所自，乐天诗曰：“欲识愁多少，高于滟滪堆。”刘禹锡诗曰：“蜀江春水拍山流……水流无限似侬愁。”得非祖此乎？则知好处前人皆已道过，后人但翻而用之耳。（宋王楙《野客丛书》）

◆秦少游谪处州日，作《千秋岁》词，有“花影乱，莺声碎”之句，后人慕之，建莺花亭。陆放翁有诗云：“沙上春风柳十围，绿阴依旧语黄鹂。故应留与行人恨，不见秦郎半醉时。”（明杨慎《词品》）

◆“飘零疏酒盏”两句，是汉魏人诗。（明沈际飞《草堂诗馀·正集》）

◆直用“一江春水向东流”意而以“海”易“江”，裁长作短，人自莫觉。王平甫之子云：“今语例袭陈言，但能转移”，太难为作者。（同上）

◆秦少游《千秋岁》后结“春去也”三字，要占胜前面，许多攒簇，在此收煞。“落红万点愁如海”，此七字衔接得力，异样出精采。（清先著、程洪《词洁》）

◆按此乃少游谪虔州思京中友人而作也。起从虔州写起，自写情怀落寞也。“人不见”，即指京中友，故下阕直接“忆昔”四句。“日边”，比京师也。“梦断”、“颜改”、“愁如海”，俱自叹也。（清黄苏《蓼园词选》）

◆宋秦太虚《千秋岁》用“队”韵，辛稼轩《沁园春》用“灰”韵，皆浑用唐韵。由是观之，唐词亦可用宋韵，宋词亦可用唐韵，自不必过判区畛耳。（清冯金伯

《词苑粹编》引毛氏《唐宋词韵互通说》）

◆词虽浓丽而乏趣味者，以其但知作情景两分语，不知作景中有情，情中有景语耳。"雨打梨花深闭门"、"落红万点愁如海"，皆情景双绘，故称好句，而趣味无穷。（清沈祥龙《论词随笔》）

◆《词品》曰：少游谪虔州日，作《千秋岁》云："柳边花外，城郭轻寒退。花影乱，莺声碎。飘零疏酒盏，离别宽衣带。人不见，碧云暮合空相对。"后人慕其"花影乱，莺声碎"句，建莺花亭。觉范诵之，谓少游奇丽，歌咏之，想见其神情在绛阙、蓬壶之间。（清沈雄《古今词话·词辨》）

◆夏闰庵云："此词以'愁如海'一语生色，全体皆振，乃所谓警句也。如玉田所举诸句，能似此者甚罕。"少游殁于藤州，山谷过其地，追和此调以吊之。（俞陛云《唐五代两宋词选释》）

◆即在宋诸贤中，如秦观之《千秋岁》（词略），其声情之悲抑，读者稍加领会，即可得其"弦外之音"。其黄庭坚、李之仪、孔平仲诸家和词（见《历代诗馀》），亦皆哀怨。则《千秋岁》曲之为悲调，可以推知。……细案此调之声情悲抑在于叶韵甚密，而所叶之韵又为"厉而举"之上声，与"清而远"之去声。其声韵既促，又于不叶韵之句，亦不用一平声字于句尾以调剂之，既失其雍和之声，乃宜于悲抑之作。（龙榆生《研究词学之商榷·声调之学》）

踏莎行

雾失楼台，月迷津渡，桃源望断无寻处。可堪孤馆闭春寒，杜鹃声里斜阳暮。

《踏莎行》（雾失楼台）词意图

　　驿寄梅花，鱼传尺素，砌成此恨无重
数。郴江幸自绕郴山，为谁流下潇湘去？

　　◆据《续资治通鉴长编补遗》卷十四，绍圣四年丁丑
（1097）："二月，郴州编管秦观，移横州编管。"诏书到
达之日，当在三月以后，此时少游作《踏莎行》，写贬谪后
心情。（徐培均《淮海居士长短句笺注》）

　　◎可，犹岂也；那也……李商隐《春日寄怀》诗：
"纵使有花兼有月，可堪无酒又无人。"可堪，那堪也。贺
铸《清平乐》词："楚城满目春华，可堪游子思家。"义同
上。（张相《诗词曲语辞汇释》）

　　◎吴陆凯与范晔善，自江南寄梅花诣长安与晔，并赠
诗曰："折梅逢驿使，寄与陇头人。江南无所有，聊赠一
枝春。"（《荆州记》）

　　◎无重数：无数重，因押韵而倒装。

　　◎幸，犹本也；正也。……幸自，本自也。（张相
《诗词曲语辞汇释》）

　　◆右少游发郴州回横州，顾有所属而作，语意极似刘
梦得楚蜀间诗也。（宋黄庭坚《山谷题跋》）

　　◆少游到郴州，作长短句云："雾失楼台……"（词
略）东坡绝爱其尾两句，自书于扇，曰："少游已矣，虽
万人何赎！"（宋胡仔《苕溪渔隐丛话·前集》引《冷斋
夜话》）

　　◆或问余："东坡有言：'诗至于杜子美，天下之能
事毕矣。'老杜之前，人固未有如老杜，后世安知无过老
杜者？"余曰："如'一片花飞减却春'，若咏落花，则
语意皆尽。所以古人既未到，决知后人更无好语。如《画

马》诗云：'玉花却在御榻上，榻上庭前屹相向。'则曹将军能事与造化之功，皆不可以有加矣。至其它吟咏人情，模写景物，皆如是也。"老杜《谢严武》诗云："雨映行宫辱赠诗。"山谷云："只此'雨映'两字，写出一时景物，此句便雅健。"余然后晓句中当无虚字。后诵淮海小词云："杜鹃声里斜阳暮。"公曰："此词高绝！但既云'斜阳'，又云'暮'，则重出也。"欲改"斜阳"作"帘栊"，余曰："既言'孤馆闭春寒'，似无帘栊。"公曰："亭传虽未必有帘栊，有亦无害。"余曰："此词本写牢落之状。若曰'帘栊'，恐损初意。"先生曰："极难得好字，当徐思之。"然余因此晓句法不当重叠。（同上引范元实《诗眼》）

◆诗话谓"斜阳暮"语近重叠，或改"帘栊暮"；既是"孤馆闭春寒"，安得见所谓"帘栊"？二说皆非。尝见少游真本乃"斜阳树"，后避庙讳，故改定耳。（宋张端义《贵耳集》）

◆秦少游发郴州，反顾有所属，其词曰："雾失楼台……（略）"山谷云："语意极似刘梦得楚蜀间语。""泪湿阑干花着露，愁到眉峰碧聚。此恨平分取，更无言语空相觑。断雨残云无意绪，寂寞朝朝暮暮。今夜山深处，断魂分付潮回去。"毛泽民元祐间罢杭州法曹，至富阳所作赠别词也，因是受知东坡。语尽而意不尽，意尽而情不尽，何酷似少游也！（宋周辉《清波杂志》）

◆前辈论王羲之之作《修禊叙》，徐案：即《兰亭序》，不合用"丝竹管弦"。黄太史谓秦少游《踏莎行》末句"杜鹃声里斜阳暮"，不合用"斜阳"又用"暮"。此固点检曲尽。孟氏亦有"鸡豚狗彘"之语，又云"豚"，又云

"龁"，未免一物两用。（宋张侃《拙轩词话》）

◆黄山谷以此词"斜阳暮"为重出，欲改"斜阳"为"帘栊"。余以"斜阳"属日，"暮"属时，未为重复。坡公"回首斜阳暮"、周美成云"雁背斜阳红欲暮"可证。（宋何士信《草堂诗馀》）

◆《诗眼》载前辈有病少游"杜鹃声里斜阳暮"之句，谓"斜阳暮"似觉意重。仆谓不然，此句读之，于理无碍。谢庄诗曰："夕天际晚气，轻霞澄暮阴。"一联之中，三见晚意，尤为重叠。梁元帝诗："斜景落高春。"既言"斜景"，复言"高春"，岂不为赘？古人为诗，正不如是之泥。观当时米元章所书此词，乃是"杜鹃声里斜阳曙"，非"暮"字也。得非避庙讳而改为"暮"乎？（宋王楙《野客丛书》）

◆宝祐间，外舅王君仲芳随宦至郴阳，亲见其石刻，乃"杜鹃声里斜阳树"。一时传录者以"树"字与英宗庙讳同音，故易以"暮"耳。（元黄溍《日损斋笔记》）

◆秦少游《踏莎行》"杜鹃声里斜阳暮"，极为东坡所赏，而后人病其"斜阳暮"为重复，非也。见斜阳而知日暮，非复也；犹韦应物诗："须臾风暖朝日暾。"既曰"朝日"，又曰"暾"，当亦为宋人所讥矣。此非知诗者。古诗"明月皎夜光"，"明"、"皎"、"光"，非复乎？李商隐诗"日向花间留返照"，皆然。又唐诗："青山万里一孤舟。"又："沧溟千万里，日夜一孤舟。"宋人亦言"一孤舟"为复，而唐人累用之，不以为复也。（明杨慎《词品》）

◆古人有谓"斜阳暮"三字重出，然因"斜阳"而知日暮，岂得为重出乎？末二句与"衡阳犹有雁传书，郴阳和雁无"同意。（明忏花盦丛书本《草堂诗馀》杨

慎批语）

◆　"平芜尽处是青山，行人更在青山外"，"郴江幸自绕郴山，为谁流下潇湘去"，此淡语之有情者也。（明王世贞《弇州山人词评》）

◆坡翁绝爱此词尾二句，自书于扇曰："少游已矣，虽万人何赎！"释天隐注《三体唐诗》，谓此二句实自"沅湘日夜东流去，不为愁人住少时"变化。然《邶》之"毖彼泉水，亦流于淇"，已有此意，秦公盖出诸此。又《王直方诗话》载黄山谷惜此词"斜阳暮"意重，欲易之未得其字；今《郴志》遂作"斜阳度"。愚谓此亦何害而病其重也，刘禹锡"乌衣巷口夕阳斜"、杜工部"山木苍苍落日曛"，皆此意。别如韩文公"安置妥帖平不颇"之类尤多，岂可亦谓之重耶？山谷当无此言。即诚出山谷，亦一时之言，未足为定论也。（明张綖鄂州刻《淮海居士长短句》）

◆周长卿（元）曰：古人好词，即一字未易弹，亦未易改。子瞻"绿水人家绕"，别本"绕"作"晓"，为《古今词话》所赏。愚谓"绕"字虽平，然是实境，"晓"字无归着，试通咏全章便见。少游"斜阳暮"，后人妄肆讥评，托名山谷，《淮海集》辨之详矣。又有人亲在郴州见石刻是"斜阳树"，"树"字甚佳，犹未若"暮"字。（明俞仲茅《爰园词话》）

◆少游坐党籍，安置郴州，谓郴江与山相守，而不能不流，自喻最凄切。（明沈际飞《草堂诗馀·正集》）

◆　"郴江幸自绕郴山，为谁流向潇湘去。"千古绝唱。秦殁后，坡公常书此于扇，云："少游已矣，虽万人何赎！"高山流水之悲，千载而下，令人腹痛！（清王士禛《花草蒙拾》）

◆《词品》曰："少游《踏莎行》，为郴州旅舍作也。"黄山谷曰："此词高绝，但斜阳暮为重出。"欲改"斜阳"为"帘栊"。范元实曰："只看'孤馆闭春寒'，似无帘栊。"山谷曰："亭传虽未必有，有亦无碍。"范曰："词本摹写牢落之状，若曰'帘栊'，恐损初意。"今《郴州志》竟改作"斜阳度"，余以"斜"属日，"暮"属时，不为累，何必改也。东坡"回首斜阳暮"，美成"雁背斜阳红欲暮"，可法也。（清沈雄《古今词话·词话》）

◆《古今词话》云："雾失楼台……"（略）少游《踏莎行》也。东坡独爱其尾两句。及闻其死，东坡曰："少游已矣，虽万人何赎！"黄山谷曰："绝似刘宾客楚蜀间语。"（《古今词话·词辨》）

◆"缺月挂疏桐，漏断人初静。谁见幽人独往来？缥缈孤鸿影。　惊起却回头，有恨无人省。拣尽寒枝不肯栖，寂寞沙洲冷。"此东坡词也。《野客丛书》记坡至惠州，居白鹤观，其邻温都监者，有女年十六，闻东坡至，欲嫁焉。坡夜吟咏，则其女徘徊窗外。坡后见之，正呼主说为媒，适有海南之行，遂止。其女旋卒。坡回，闻之，乃作此词以记当日情事也。又秦少游南迁，有妓生平酷爱秦学士词，至是知其为少游，请于母，愿托以终身。少游赠词，所谓"郴江幸自绕郴山，为谁流向潇湘去"者也。念时事严切，不敢偕往贬所。及少游卒于藤，丧还，将上长沙，妓前一夕得诸梦，即逆于途，祭毕，归而自缢。按二公之南，皆逐客，且暮年矣，而诸女甘为之死，可见二公才名震烁一时；且当时风尚，女子皆知爱才也。（清赵翼《陔馀丛考》）

◆秦少游姬人边朝华极慧丽，恐碍学道，赋诗遣之，白傅所谓"春随樊素一时归"也。未几南迁过长沙，有妓生平酷慕少游词，至是托终身焉。少游有"郴江幸自绕郴山，为谁流下潇湘去"云云，缱绻甚至。岂情之所属，遽忘其前后之矛盾哉？藉令朝华闻之，又何以为情？及少游卒于藤，丧还，妓自缢以殉。此女固出娄琬、陶心儿上矣。（清吴衡照《莲子居词话》）

◆（以"斜阳暮"）分属日、时，则尚欠明晰。《说文》："薶，日且冥也，从日在草中。"今作暮者俗。是"斜阳"为日斜时，"暮"为日入时；言自日昃至暮，杜鹃之声，亦云苦矣。山谷未解"暮"字，遂生轇輵。（清宋翔凤《乐府馀论》）

◆秦少游《踏莎行》云……（词略）东坡绝爱尾二句，余谓不如"杜鹃声里斜阳暮"，尤堪肠断。（清徐釚《词苑丛谈》）

◆绍圣元年，绍述议起，东坡贬黄州，寻谪惠州，子由、鲁直相继罢去，少游亦坐此南迁，作《踏莎行》云……（词略）东坡读之叹曰："吾负斯人！"盖古人师友之际，久要不忘如此。（清邓廷桢《双砚斋词话》）

◆按少游坐党籍，安置郴州，前一阕是写在郴望想玉堂天上，如桃源不可寻，而自己意绪无聊也。次阕言书难达意，自己同郴水自绕郴山，不能下潇湘以向北流也。语意凄切，亦自蕴藉，玩味不尽。"雾失"、"月迷"，总是被谗写照。（清黄苏《蓼园词选》）

◆有有我之境，有无我之境。"泪眼问花花不语，乱红飞过秋千去"，"可堪孤馆闭春寒，杜鹃声里斜阳暮"，有我之境也。"采菊东篱下，悠然见南山"，"寒波淡淡起，白鸟悠悠下"，无我之境也。有我之境，故物皆着我之色彩。无我之境，以物观物，故不知何者为我，何者为物。（王国维《人间词话》）

◆境界有大小，然不以是而分高下。"细雨鱼儿出，微风燕子斜"，何遽不若"落日照大旗，马鸣风萧萧"；"宝帘闲挂小银钩"，何遽不若"雾失楼台，月迷津渡"也！（同上）

◆少游词境最为凄婉，至"可堪孤馆闭春寒，杜鹃声里斜阳暮"，则变而为凄厉矣。东坡赏其后二语，犹为皮相。（同上）

◆"风雨如晦，鸡鸣不已。""山峻高以蔽日兮，下幽晦以多雨；霰雪纷其无垠兮，云霏霏而承宇。""树树皆秋色，山山尽落晖。""可堪孤馆闭春寒，杜鹃声里斜阳暮。"气象皆相似。（同上）

◆盖自写羁愁，造境既佳，造语尤隽永有味，实从晏氏父子出者。释天隐云：末二句从"沅湘日夜东流去，不为愁人住少时"变化而出。（陈匪石《宋词举》）

◆此首写羁旅，哀怨欲绝。起写旅途景色，已有归路茫茫之感。"可堪"两句，景中见情，精深高妙。所处者"孤馆"，所感者"春寒"，所闻者"鹃声"，所见者"斜阳"，有一于此，已令人生愁，况并集一时乎！不言愁而愁自难堪矣。（唐圭璋《唐宋词简释》）

◆作者千回百折之词心，始充分表现于行间字里，不辨是血是泪，……盖少游至此，已扫尽绮罗芗泽之结习，一变而为怆恻悲苦之音矣。（龙榆生《苏门四学士词·秦观》）

蝶恋花

晓日窥轩双燕语，似与佳人，共惜春将暮。屈指艳阳都几许，可无时霎闲风雨。

流水落花无问处，只有飞云，冉冉来还去。持酒劝云云且住，凭君碍断春归路。

◎都：算来。

◎时霎：霎时，依词律倒装。

◎流水落花春去也，天上人间。（五代李煜《浪淘沙》）

◎持杯遥劝天边月，愿月圆无缺。持杯复更劝花枝，且愿花枝常在莫离披。（宋苏轼《虞美人》）

◆（起句）刻削。（结句）凿空奇语。（明沈际飞《草堂诗馀续集》）

◆闲风闲雨，固不如浮云之碍高楼也。（明钱允治《类编笺释续选草堂诗馀》）

◆（末二句）凿空奇语。周美成"凭断云、留取西楼残月"，似之。（明卓人月《古今词统》）

一落索

杨花终日空飞舞，奈久长难驻。海潮虽是暂时来，却有个堪凭处。

紫府碧云为路，好相将归去。肯如薄幸五更风，不解与花为主。

◎借问江潮与海水，何似君情与妾心。相恨不如潮有信，相思始觉海非深。（唐白居易《浪淘沙》）

◎紫府：仙宫。

◎相将，犹云相与或相共也。（张相《诗词曲语辞

丑奴儿

　　夜来酒醒清无梦，愁倚阑干。露滴轻寒，雨打芙蓉泪不干。

　　佳人别后音尘悄，瘦尽难拚。明月无端，已过红楼十二间。

南乡子

　　妙手写徽真，水剪双眸点绛唇。疑是昔年窥宋玉，东邻，只露墙头一半身。

　　往事已酸辛，谁记当年翠黛颦？尽道有些堪恨处，无情，任是无情也动人。

◆此首系题崔徽半身像。据王文诰《苏文忠公诗编注集成》卷十六，苏轼元丰元年（1078）知徐州时，作有《章质夫寄惠崔徽真》，诗云："玉钗半脱云垂耳，亭亭芙蓉在秋水。"宋施元之注："元微之《崔徽传》云：蒲女也，裴敬中使蒲，徽一见动情，不能忍。敬中使回，徽以不得从为恨。久之，成疾，写真以寄裴，且曰：'崔徽一旦不及画中人矣！'元微之作《崔徽歌》，世有《伊州曲》，盖采其歌成之也。"真，画像也。所谓《崔徽传》，实为元稹《崔徽歌》之序。此序元氏《长庆集》不载，见《全唐诗》卷四二三，施注稍有出入，本书卷下《调笑令》十首《崔徽》全文征引，可以参看。又苏轼在徐州作有《百步洪》，其二起句云"佳人未肯回秋波"，施注亦引元微之《崔徽歌》云："眼明正似琉璃瓶，心荡秋水横波清。"（此二句《全唐诗》已佚）皆可证此时苏轼确实收到章质夫所寄崔徽之画像。此像非徽自写，乃托丘夏所作，见元稹序。考是岁夏四月，少游谒东坡于徐州，盘桓甚久，当于此时得睹崔徽之像，因而赋此词。参见拙著《秦少游年谱长编》上册卷二。又与少游同时而稍后之觉范（僧惠洪）有《和少游千秋岁以题崔徽真字》，上阕云："半身屏外，睡觉唇红退。春思乱，芳心碎。试与问，今人秀韵谁与对？"亦描绘像上崔徽之形象，可参看。（徐培均《淮海居士长短句笺注》）

◎一双瞳人翦秋水。（唐李贺《唐儿歌》）

◎天下之佳人，莫若楚国。楚国之丽者，莫若臣里。臣里之美者，莫若东家之子：增之一分则太长，减之一分则太短；着粉则太白，施朱则太赤；眉如翠羽，肌如白雪；嫣然一笑，惑阳城，迷下蔡。然此女登墙窥臣三年，至今未许也。（战国宋玉《登徒子好色赋》）

醉桃源

碧天如水月如眉，城头银漏迟。绿波风动画船移，娇羞初见时。

银烛暗，翠帘垂，芳心两自知。楚台魂断晓云飞，幽欢难再期。

河 传

乱花飞絮，又望空斗合，离人愁苦。那更夜来，一霎薄情风雨。暗掩将，春色去。

篱枯壁尽因谁做？若说相思，佛也眉
儿聚。莫怪为伊，底死萦肠惹肚。为没教，
人恨处。

◆《淮海集》卷十一有《留别平阇黎》诗一首，云：
"缘尽山城且不归，此生相见了无期。保持异日莲花上，
重说如今结社时。"篇末自注云："绍圣元年，观自国
史编修官蒙恩除馆阁校勘，通判杭州，道贬处州，管库
三年，以不职罢。将自青田以归，因往山寺中，修忏日
书绝句于住僧房壁。"在少游修忏于处州法海寺期间，朝
廷遣使承望风指，候刺过失，卒无所得。遂以谒告写佛书
为罪，再次削秩徙郴州。词云"佛也眉儿聚"，可能与山
寺有关。又云"那更夜来，一霎薄情风雨。暗掩将，春色
去"，盖喻情势突变，境遇更为险恶之意。据此，此词似
作于绍圣三年丙子（1096）暮春。（徐培均《淮海居士长
短句笺注》）

◎斗，犹凑也；拼也；合（入声）也。合如合药、合
金之合。李贺《梁台古意》诗："台前斗玉作蛟龙，绿粉
扫天愁露湿。"王琦注："木石镶榫合缝之处谓之斗。"……
史介翁《菩萨蛮》词："柳丝轻扬黄金缕，织成一片纱窗
雨。斗合做春愁，困慵熏玉簪。"（张相《诗词曲语辞汇
释》）

◎桓玄素轻桓崖。崖在京下有好桃，玄连就求之，遂
不得佳者。玄与殷仲文书以为嗤笑曰："德之休明，肃慎
贡其楛矢；如其不尔，篱壁间物亦不可得也。"（南朝刘义
庆《世说新语·排调》。后世遂以"篱壁间物"谓家园中花
木及所产之物。）

◎抵死……亦犹云终究或老是也。……亦作底死。柳永《满江红》词：“不会得都来些子事，甚恁底死难挤弃。”此终究义。（张相《诗词曲语辞汇释》）

又

　　恨眉醉眼，甚轻轻觑着，神魂迷乱。常记那回，小曲阑干西畔。鬓云松，罗袜刬。

　　丁香笑吐娇无限，语软声低，道我何曾惯。云雨未谐，早被东风吹散。闷损人，天不管。

◎甚，犹是也；正也；真也。词中每用以领句，与甚么之甚作怎字、何字义者异。……杨樵云《满庭芳》词《咏影》：“甚徘徊窥镜，交翼鸾文。”甚徘徊云云，犹云是徘徊云云也。（张相《诗词曲语辞汇释》）

◎刬，犹只也。……李后主《菩萨蛮》词：“刬袜下香阶，手提金缕鞋。”惟其提鞋于手中，则着袜而行，故曰刬袜也，言只有袜也。（张相《诗词曲语辞汇释》）

　　◆有士大夫家歌秦少游“瘦杀人，天不管”之曲，以“好”字易“瘦”字，戏为之作。词云：“心情老懒。对歌对舞，犹是当时眼。巧笑靓妆，近我衰容华鬓。似扶着，卖卜算。思量好个当年见。催酒催更，只怕归期短。饮散灯稀，背锁落花深院。好杀人，天不管。”（宋黄庭坚《河传》序）

　　◆按山谷亦有此调，尾句“好杀人，天不管”。自注云：“因少游词，戏以‘好’字易‘瘦’字。”是此秦词尾句，该是"瘦杀人"矣。"那"字"未"字，去声起调，黄用"灯"字，不及也。又前"甚轻轻"下九字，黄作"对歌对舞、犹是当时眼"，与秦异。（清万树《词律》）

◆万氏《词律·河传》词末句云："闷损人，天不管。"山谷和秦尾句云："好杀人，天不管。"自注云："因少游词，戏以'好'字易'瘦'字。"是秦词应作"瘦杀人"。今刊本皆作"闷损人"，盖未见山谷词也。然巧拙亦于此一字见之，黄九不敌秦七，亦是一证。（清李调元《雨村词话》）

浣溪沙

漠漠轻寒上小楼，晓阴无赖似穷秋，澹烟流水画屏幽。

自在飞花轻似梦，无边丝雨细如愁，宝帘闲挂小银钩。

◎无赖：犹无奈。穷秋：晚秋。

◆"穷秋"句，鄙。钱功父曰"佳"，可见功父于此道茫然。后迭精研，夺南唐席。（明沈际飞《续编草堂诗馀》）

◆"自在"二句，何减"无可奈何花落去"二句。似花间。（世经堂康熙十七年残本《词综》）

◆宛转幽怨，温韦嫡派。（清陈廷焯《词则·大雅集》）

◆境界有大小，不以是而分优劣。"细雨鱼儿出，微风燕子斜"，何遽不若"落日照大旗，马鸣风萧萧"？"宝帘闲挂小银钩"，何遽不若"雾失楼台，月迷津渡"也？
（王国维《人间词话》）

◆清婉而有馀韵，是其擅长处。此调凡五首，此首最
胜。（俞陛云《唐五代两宋词选释》）

◆《浣溪沙》云："自在飞花轻似梦，无边丝雨细如
愁。"此等句皆思路沉着，非如苏词之振笔直书也。北宋词
家以缜密之思，得遒炼之致者，惟方回与少游耳。（吴梅
《词学通论》）

◆此首，景中见情，轻灵异常。上片起言登楼，次怨
晓阴，末述幽境。下片两对句，写花轻雨细，境更微妙。
"宝帘"句，唤醒全篇。盖有此一句，则帘外之愁境与帘
内之愁人，皆分明矣。（唐圭璋《唐宋词简释》）

◆而后阕尤饶弦外之音，读之令人黯然难以为怀，
所谓"融情景于一家，会句意于两得"者。北宋诸贤，除
晏小山、贺方回，未易仿佛其境界。（龙榆生《苏门四学
士·秦观》）

◆过片一联，正面形容春愁。它将细微的景物与幽
渺的感情极为巧妙而和谐地结合在一起，使难以捕捉的抽
象的梦与愁成为可以接触的具体形象。……他不说梦似
飞花，愁如丝雨，而说飞花似梦，丝雨如愁，也同样很新
奇。（沈祖棻《宋词赏析》）

又

香靥凝羞一笑开，柳腰如醉暖相挨，
日长春困下楼台。

照水有情聊整鬓，倚栏无绪更兜鞋，

眼边牵系懒归来。

秦观词集

又

霜缟同心翠黛连，红绡四角缀金钱，恼人香爇是龙涎。

枕上忽收疑是梦，灯前重看不成眠，又还一段恶因缘。

又

脚上鞋儿四寸罗，唇边朱粉一樱多，见人无语但回波。

　　料得有心怜宋玉，只应无奈楚襄何，今生有分共伊么？

　　◎一樱多：谓唇略大于樱桃。

　　◎回波：回眸。

　　◎宋玉：战国楚辞赋家，或说是屈原弟子，曾事楚顷襄王为大夫。

　　◎楚襄王与宋玉游于云梦之浦，使玉赋高唐之事。其夜王寝，果梦与神女遇，其状甚丽。（战国宋玉《神女赋》）

　　◎料得也应怜宋玉，只应无奈楚襄王。（唐李商隐《席上赠人》）

　　◆涪翁过泸南，泸帅留府会，有官妓盼盼，性颇聪慧，帅尝宠之。涪翁赠《浣溪沙》曰："脚上鞋儿四寸罗，唇边朱麝一樱多。……（略）"盼盼拜谢，涪翁令唱词侑觞。盼盼唱《惜花容》曰："少年看花双鬓绿，走马章台管弦逐。而今老更惜花深，终日看花看不足。座中美女颜如玉。为我一歌《金缕曲》。归时压得帽檐敲，头上春风红簌簌。"涪翁大喜。（赵万里《校辑宋金元人词》引杨偍《古今词话》）

　　◆《古今词话》以古人好词世所共知者，易甲为乙，称其所作，仍随其词牵合为说，殊无根蒂，皆不足信也。……又《八六子》"倚危亭，恨如芳草，萋萋划尽还生"者，《浣溪沙》"脚上鞋儿四寸罗"者，二词皆见《淮海集》。乃以《八六子》为贺方回作，以《浣溪沙》为涪翁作……皆非也。（宋胡仔《苕溪渔隐丛话·后集》）

又

锦帐重重卷暮霞，屏风曲曲斗红牙，恨人何事苦离家。

枕上梦魂飞不去，觉来红日又西斜，满庭芳草衬残花。

如梦令

门外鸦啼杨柳，春色着人如酒。睡起熨沉香，玉腕不胜金斗。消瘦，消瘦，还是褪花时候。

◎着，犹中也；袭也；惹或迷也。……贺铸《浣溪沙》词："连夜断无行雨梦，隔年犹有着人香。"此所云着人，犹云惹人或迷人也。秦观《如梦令》词云："门外鸦啼杨柳，春色着人如酒。"李之仪《谢池春》词："着人滋味，真个浓如酒。"……义均同上。（张相《诗词曲语辞汇释》）

◎花褪残红青杏小。（宋苏轼《蝶恋花》）

◆予又尝读李义山《效徐陵体赠更衣》云："轻寒衣省夜，金斗熨沉香。"乃知少游词"玉笼金斗，时熨沉香"，与夫"睡起熨沉香，玉腕不胜金斗"，其语亦有来历处，乃知名人必无杜撰语。（宋胡仔《苕溪渔隐丛话·后集》）

◆憨怯甚。（明沈际飞《续编草堂诗馀》）

◆末句止而得行，泄而得蓄。（同上）

◆起伏照应，六章如一章（《词则》另附"莺嘴啄花红溜"一章，故云"六章"），仿佛飞卿《菩萨蛮》遗意。（清陈廷焯《词则·大雅集》）

又

遥夜沉沉如水，风紧驿亭深闭。梦破鼠窥灯，霜送晓寒侵被。无寐，无寐，门外马嘶人起。

◆绍圣三年丙子（1096），少游自处州再贬，冬季至郴阳道中，曾题一古寺壁，诗中有"饥鼠相追坏壁中"之句，与词境颇相似；尔后词人于郴州旅舍，又作《踏莎行》词。此首亦写驿亭苦况，当作于是年冬。（徐培均

《如梦令》（遥夜沉沉如水）词意图

《淮海居士长短句笺注》）

◎驿亭：古代设于官道旁供官员和差役住宿、换马的馆舍。

◎鼠窥灯：饥鼠欲偷吃灯盏中豆油。

◆"无寐"叠上二字（可仄）。赵长卿作第四句，"目断行云凝伫"下，即用"凝伫，凝伫"。虽亦有此格，然不多，不宜从也。（清万树《词律》）

◆按宋苏轼词注：此曲本唐庄宗制，名《忆仙姿》，嫌其名不雅，故改为《如梦令》。盖因此词中有"如梦，如梦"叠句。万氏未收庄宗原作，失校。（清杜文澜《词律补注》）

◆此章离别。（清陈廷焯《词则·大雅集》）

卷中

<h1 style="text-align:center">又</h1>

幽梦匆匆破后，妆粉乱痕沾袖。遥想酒醒来，无奈玉销花瘦。回首，回首，绕岸夕阳疏柳。

◎夜深忽梦少年事，梦啼妆泪红阑干。（唐白居易《琵琶行》）

◆"匆匆破"三字真，"玉销花瘦"四字警。末句不可倒作首句，思之思之。（明沈际飞《草堂诗馀续集》）

◆"玉销花瘦"句，语新奇。（《类编笺释续选草堂诗馀》）

◆奇丽。（明陆云龙《词菁》）

◆（此章）别后。（清陈廷焯《词则·大雅集》）

◆（结句）映起句（指第一首）。（同上）

又

楼外残阳红满，春入柳条将半。桃李不禁风，回首落英无限。肠断，肠断，人共楚天俱远。

◆观"人共楚天俱远"句，似为绍圣四年丁丑（1097）春贬郴州时所作。（徐培均《淮海居士长短句笺注》）

◎念去去千里烟波，暮霭沉沉楚天阔。（宋柳永《雨霖铃》）

◆对景伤春，于此词尽见矣。（明李攀龙《草堂诗徐隽》）

◆因阳春景色而思故人心情，人远而思更远矣。（同上）

又

池上春归何处？满目落花飞絮。孤馆悄无人，梦断月堤归路。无绪，无绪，帘外五更风雨。

◆观词中"孤馆"二句，疑作于郴州。绍圣四年丁丑（1097）春暮，少游在郴州旅舍作《踏莎行》词，有句云"可堪孤馆闭春寒，杜鹃声里斜阳暮"。同是"孤馆"，同为"春归"时刻，同写思归情怀，此词盖作于同时。（徐培均《淮海居士长短句笺注》）

《如梦令》（楼外残阳红满）词意图

◎帘外五更风，吹梦无踪。（宋欧阳修《浪淘沙》）

◆孤馆听雨，较洞房雨声，自是不胜情之词，一喜一悲。（明忏花盦丛书本《草堂诗馀》杨慎批语）

◆难为人语，自有可语之人在。（明李攀龙《草堂诗馀隽》）

◆深情厚意，言有尽而味自无穷。（同上）

◆上章春半，此章春暮。（清陈廷焯《词则·大雅集》）

◆此五首细审之，当是一事，皆纪游之作。第一首总述春暮怀人，次首追叙欲别之时，马嘶人起，言送别也。三首绕岸夕阳，言别后也。四首楚天人远，言远去也。与集中《南歌子》词由晓别而远去次第写出，大致相似，但此分为数首耳。五首句最工。结处"绿杨俱瘦"，与首章春暮怀人前后相应（"绿杨俱瘦"，为另一首，起句为"莺嘴啄花红溜"，见《补遗》）。（俞陛云《唐五代两宋词选释》）

阮郎归

褪花新绿渐团枝，扑人风絮飞。秋千未拆水平堤，落红成地衣。

游蝶困，乳莺啼，怨春春怎知。日长早被酒禁持，那堪更别离！

◎地衣：地毯。

◎禁持：摆布。

◆出语新媚，亦复幽奇。（明陆云龙《词菁》）

又

宫腰袅袅翠鬟松，夜堂深处逢。无端银烛殒秋风，灵犀得暗通。

身有恨，恨无穷，星河沉晓空。陇头流水各西东，佳期如梦中。

◎宫腰：细腰。

◎身无彩凤双飞翼，心有灵犀一点通。（唐李商隐《无题》）

◎陇头流水，流离山下。念吾一身，飘然旷野。（古乐府《陇头歌辞》）

◆中冓之言，不可道也；所可道也，言之丑也。（明沈际飞《续编草堂诗馀》）

◆恐未必"无端"。（《草堂诗馀续集》）

◆"殒"字好。（同上）

◆南唐主语冯延巳曰："'风乍起，吹皱一池春水'，何与卿事？"冯曰："未若'细雨梦回鸡塞远，小楼吹彻玉笙寒'，不可使闻于邻国。"然细看词意，含蓄尚多。至少游"无端银烛殒秋风，灵犀得暗通"、"相看有似梦初回，只恐又抛人去几时来"，则竟为《蔓草》之偕臧、顿丘之执别，一一自供矣。词虽小技，亦见世风之升降，沿流则易，溯洄则难，一入其中，势不自禁。（清贺裳《皱水轩词筌》）

◆《词筌》云：词至少游"无端银烛殒秋风"之类，而《蔓草》、顿丘，不惟极意形容，兼亦直认无讳，数语可谓乐而不淫。（清邹祗谟《远志斋词衷》）

又

潇湘门外水平铺，月寒征棹孤。红妆饮罢少踟蹰，有人偷向隅。

挥玉筯，洒真珠，梨花春雨馀。人人尽道断肠初，那堪肠已无！

◆绍圣三年丙子（1096），少游自处州贬徙郴州，途经湖南长沙，词盖作于是时。疑写与长沙义妓分别时情怀。（徐培均《淮海居士长短句笺注》）

◎潇湘门：指古代长沙之城门。

◎今有满堂饮酒者，有一人独索然向隅而泣，则一堂之人皆不乐矣。（汉刘向《说苑·贵德》）

◎谁怜双玉筯，流面复流襟。（南朝刘孝威《独不见》）

◎玉容寂寞泪阑干，梨花一枝春带雨。（唐白居易《长恨歌》）

◎人人，对于所昵者之称，多指彼美而言。欧阳修《蝶恋花》词："翠被双盘金缕凤，忆得前春，有个人人共。"黄庭坚《少年心》词："似合欢桃核，真堪人恨，心儿里有两个人人。"……玩上各证，知以情语、腻语为多也。（张相《诗词曲语辞汇释》）

◆"玉筯"、"真珠"，觉叠；得"梨花春雨馀"句，叠正妙。及云"肠已无"，如新笋发林，高出林上。（明沈际飞《续编草堂诗馀》）

◆此等情绪，煞甚伤心。秦七太深刻矣！（明忏花盦丛书本《草堂诗馀》杨慎批语）

又

　　湘天风雨破寒初，深沉庭院虚。丽谯吹罢《小单于》，迢迢清夜徂。

　　乡梦断，旅魂孤，峥嵘岁又除。衡阳犹有雁传书，郴阳和雁无。

◆哲宗绍圣四年丁丑（1097），少游贬居郴州，亲朋音讯久疏，故词中云："衡阳犹有雁传书，郴阳和雁无。"据"峥嵘岁又除"句，词盖作于此年除夕。（徐培均《淮海居士长短句笺注》）

◎丽谯：谯楼，即城门上的更鼓楼。

◎按唐大角曲有《大单于》、《小单于》等曲，今其声犹有存者。（宋郭茂倩《乐府诗集》）

◎楼雪初销，丽谯吹罢《单于》晚。（宋吴亿《烛影摇红·上晁共道》）

◎万事干戈里，空悲清夜徂。（唐杜甫《倦夜》）

◎鸿雁南翔，不过衡山。盖南地极燠，雁望衡山而止，恶热故也。（宋陆佃《埤雅·释鸟》）

◎昭帝即位数年，匈奴与汉和亲，汉求武等。匈奴诡言武死。后汉使复至匈奴，常惠请其守者与俱，得夜见汉使，具自陈道，教使者谓单于言："天子射上林中，得雁，足有系帛书，言武等在某泽中。"使者大喜，如惠语以让单于。单于视左右而惊，谢汉使曰："武等实在。"（《汉书·苏武传》）

◎和，犹连也。秦观《阮郎归》词："衡阳犹有雁传书，郴阳和雁无。"言连传书之雁亦无有也。（张相《诗词

曲语辞汇释》）

◆衡郴皆楚湘地，故曰湘。伤心！（明沈际飞《草堂诗馀·正集》）

◆此首述旅况，亦极凄惋。上片，起言风雨生愁，次言孤馆空虚。"丽谯"两句，言角声吹彻，人亦不能寐。下片，"乡梦"三句，抒怀乡怀人之情。"岁又除"，叹旅外之久，不得便归也。"衡阳"两句，更伤无雁传书，愁愈难释。小山云："梦魂纵有也成虚，那堪和梦无。"与此各极其妙。（唐圭璋《唐宋词简释》）

◆四十九岁在郴州，作《阮郎归》"湘天风雨破寒初"及《踏莎行》"雾失楼台"，作者千回百折之词心，始充分表现于行间字里，不辨是血是泪。（龙榆生《苏门四学士·秦观》）

满庭芳

北苑研膏，方圭圆璧，万里名动京关。碎身粉骨，功合上凌烟。尊俎风流战胜，降春睡、开拓愁边。纤纤捧，香泉溅乳，金缕鹧鸪斑。

相如方病酒，一觞一咏，宾有群贤。便扶起灯前，醉玉颓山。搜揽胸中万卷，还倾动、三峡词源。归来晚，文君未寝，相对小妆残。

◆此首咏茶，似元祐间作于汴京。北苑茶系贡品，而

"金缕鹧鸪斑"云云，亦为皇帝致祭南郊后分赐之物。少游供职秘书省期间，尝有《进南郊庆成诗并表》，虽不一定获享分赐之茶，然亦不妨发之于吟咏。又少游《有茶》诗："上客集堂葵，圆月探奁盎。玉鼎注漫流，金碾响文竹。侵寻发美鬯，猗狔生乳粟。"与词之上阕相近，盖为同时之作。（徐培均《淮海居士长短句笺注》）

◎北苑在富沙之北，隶建安县，去城二十五里。北苑乃龙焙，每岁造贡茶之处。……其实北苑茶山，乃凤凰山也。北苑土色膏腴，山宜植茶。（宋胡仔《苕溪渔隐丛话·前集》）

◎贞元中，常衮为建州刺史，始蒸焙而研之，谓之研膏茶。（宋吴曾《能改斋漫录》引《画墁录》）

◎方圭圆璧：宋时茶饼多制为方形或圆形，故诗人多以圭、璧喻之。

◎碎身粉骨：指茶叶被研成碎末。宋时沦茶，先行研碎，故云。

◎碎身粉骨方馀味，莫厌声喧万壑雷。（宋黄庭坚《奉同六舅尚书咏茶碾煎烹三首》其一）

◎凌烟：指古代绘有功臣画像的凌烟阁。

◎尊俎：指酒或筵席，此处谓茶能解酒。

◎饮真茶，令人少眠睡。（《博物志》）

◎开拓愁边：茶能消愁。

◎香泉一合乳，煎作连珠沸。（唐皮日休《煮茶》）

◎茶之品，莫贵于龙凤，谓之团茶，凡八饼重一斤。庆历中蔡君谟为福建路转运使，始造小片龙茶以进，其品绝精，谓之小团，凡二十饼重一斤，其价直金二两。然金可有，而茶不可得，每因南郊致斋，中书、枢密院各赐一饼，四人分之。宫人往往缕金花于其上，盖其贵重如此。

（宋欧阳修《归田录》）

◎鹧鸪斑：谓沏茶后碗面呈现之斑点。

◎司马相如初与卓文君还成都，居贫愁懑，以所着鹔鹴裘就市人阳昌贳酒，与文君为欢。既而文君抱颈而泣曰："我平生富足，今乃以衣裘贳酒！"遂相与谋于成都卖酒。相如亲着犊鼻裈涤器，以耻王孙。王孙果以为病，乃厚给文君。……长卿素有消渴疾，及还成都，悦文君之色，遂以发痼疾，乃作《美人赋》，欲以自刺，而终不能改，卒以此疾至死。(《西京杂记》)

◎群贤毕至，少长咸集。……引以为流觞曲水，列坐其次，虽无丝竹管弦之盛，一觞一咏，亦足以畅叙幽情。（晋王羲之《兰亭集序》）

◎嵇叔夜（康）之为人也，岩岩若孤松之独立；其醉也，傀俄若玉山之将崩。（南朝刘义庆《世说新语·容止》）

◆豫章先生少时，尝为茶词，寄《满庭芳》云："北苑龙团，江南鹰爪，万里名动京关。碾深罗细，琼蕊冷生烟。一种风流气味，如甘露，不染尘烦。纤纤捧，冰瓷弄影，金缕鹧鸪斑。　相如方病酒，银瓶蟹眼，惊鹭涛翻。为扶起尊前，醉玉颓山。饮罢风生两袖，醒魂到明月轮边。归来晚，文君未寝，相对小窗前。"其后增损其词止咏建茶云（词略），词意益工也。后山陈无己同韵和之云："北苑先春，琅函宝韫，帝所分落人间。绮窗纤手，一缕破双团。云里游龙舞凤，香雾霭、飞入瑶盘。华堂静，松风云竹，金鼎沸潺湲。　门阑车马动，浮黄嫩白，小袖高鬟。便胸臆轮囷，肺腑生寒。唤起谪仙醉倒，翻湖海、倾写涛澜。笙歌散，风帘月幕，禅榻鬓丝斑。"（宋吴曾《能改斋漫录》）

◆少游夫妇不减赵明诚，固应深谙茶味与赌茗之乐。（明卓人月《古今词统》）

◆《满庭芳》尽推少游之作。少游夫人《咏茶》一首，传者多讹，今为正之云："北苑龙团，江南鹰爪，万里名动京关。碾轻罗细，琼蕊暖生烟。一种风流臭味，如甘露，不染尘凡。纤纤捧，冰瓷莹玉，金缕鹧鸪斑。"旧词"北苑春风，方圭圆璧"，虽用故实，而多庸腐；即苦心作"碎身粉骨，功合上凌烟"，亦是小家气象。惟"樽俎风流战胜，降春睡、开拓愁边"二语差当。而"熬波溅乳"，实不及"冰瓷莹玉"更为落句地也。况后段又用"搜搅胸中万卷，还倾动三峡词源"乎？更为纪之云："相如方病酒，银瓶蟹眼，波怒涛翻。为扶起尊前，醉玉颓山。饮罢风生两腋，醒魂到明月轮边。归来晚，文君未寝，相对小妆残。"（清沈雄《古今词话·词辨》）

◆案此黄庭坚词，见彊村本《山谷琴趣外编》。《能改斋漫录》云山谷少时尝作茶词，调寄《满庭芳》。其后增损前词，止咏建茶，即此词也。并有陈后山同韵和词。据此则为黄词明甚。《淮海词》收之，毛本《山谷词》删之，并误。（唐圭璋《宋词四考》）

◆此词关涉秦、黄、陈三位作者，吴曾所记，乍看似有理。然从版本角度考虑，当以秦作为是。秦词见宋干道癸巳（1173）高邮军学刻《淮海居士长短句》，而《能改斋漫录》刻于绍兴二十四至二十七年（1154—1157）间，不久即遭焚毁，至绍熙元年（1190），京镗重刊，已为删存之本，而今见之本，又非其旧，故不足信，似以未经焚毁，现存日本之干道本为准。吴曾与唐老之说，录以备考。（徐培均《淮海居士长短句笺注》）

又

晓色云开，春随人意，骤雨才过还晴。古台芳榭，飞燕蹴红英。舞困榆钱自落，秋千外、绿水桥平。东风里，朱门映柳，低按小秦筝。

多情，行乐处，珠钿翠盖，玉辔红缨。渐酒空金榼，花困蓬瀛。豆蔻梢头旧恨，十年梦、屈指堪惊。凭栏久，疏烟淡日，寂寞下芜城。

◆元丰二年己未（1079）岁暮，少游自会稽还乡后，"杜门却扫，日以文史自娱，时复扁舟，循邗沟而南，以适黄陵。"（见与李乐天简）本篇"豆蔻梢头"二句，借喻扬州冶游生活；而上阕所写景物，亦与扬州有关，词盖作于次年春季。（徐培均《淮海居士长短句笺注》）

◎鱼吹细浪摇歌扇，燕蹴飞花落舞筵。（唐杜甫《城西陂泛舟》）

◎秦筝：类似瑟的弦乐器，相传为秦时蒙恬所造，故名。

◎蓬瀛：蓬莱、瀛洲，传说中的海上仙山。此处借指冶游之地。

◎娉娉袅袅十三馀，豆蔻梢头二月初。（唐杜牧《赠别》）

◎十年一觉扬州梦，赢得青楼薄倖名。（唐杜牧《遣怀》）

◎芜城：指扬州。

◎凄凉不可问，落日下芜城。（宋王琪《题九曲池》）

◆秋千外，东风里，字字奇巧。疏烟淡日，此时之情还堪远眺否？（明李攀龙《草堂诗馀隽》）

◆就暗中描出春色，林峦欲滴。就远处描出春情，城郭隐然如无。（同上）

◆秦少游《满庭芳》"晚色云开"，今本误作"晚兔云开"，不通。维扬张綖刻《诗馀图谱》，以意改"兔"作"见"，亦非。按《花庵词选》作"晚色云开"，当从之。（明杨慎《词品》）

◆景胜于情。（明忏花盦丛书本《草堂诗馀》杨慎批语）

◆"秋千外、绿水桥平"，又"地卑山近，衣润费炉烟"，淡语之有情者也。（明王世贞《弇州山人词评》）

◆敖陶孙评少游诗"如时女步春，终伤婉弱"，其在于词，正相宜耳。（明卓人月《古今词统》）

◆"兔"字不通，张世文改为"见"，今从《词选》"色"字为优。据诸本，首云"晚色"，末云"淡月"。《词选》首云"晓色"，末云"淡日"。细味词中"玉辔红缨"等，岂晚来事？悉从词选。（上片）悠澹语，不觉其妙而自妙。"微映百层城"，景亦不少；"寂寞"句，感慨过之。（明沈际飞《草堂诗馀·正集》）

◆《满庭芳》填词易俗，乃深秀如许。（世经堂康熙十七年残本《词综》）

◆此必少游被谪后作。雨过还晴，承恩未久也。燕蹴红英，喻小人之谗构也。榆钱，自喻也。绿水桥平，喻随所适也。朱门、秦筝，彼得意者自得意也。前一阕叙事也，后一阕则事后追忆之词。"行乐"三句，追从前也。

又 茶词

雅燕飞觞，清谈挥麈，使君高会群贤。密云双凤，初破缕金团。窗外炉烟似动，开瓶试、一品香泉。轻淘起，香生玉尘，雪溅紫瓯圆。

娇鬟，宜美盼，双擎翠袖，稳步红莲。坐中客翻愁，酒醒歌阑。点上纱笼画烛，花骢弄、月影当轩。频相顾，馀欢未尽，欲去且留连。

◆元丰二年己未（1079），少游在会稽，常与郡守程公辟燕集，其《会蓬莱阁》诗云："冠裳盖坐洒清风，轩外时闻韵辔龙。人面春生红玉液，银盘烟覆紫驼峰。"《再赋流觞亭》诗云："月下佩环声更好，应容挥麈伴公听。"词咏"雅燕飞觞，清谈挥麈，使君高会群贤"，当作于此时。（徐培均《淮海居士长短句笺注》）

◎《名苑》曰："鹿之大者曰麈，群鹿随之，皆看麈所往，随麈尾所转为准。"今讲僧执麈尾拂子，盖象彼有所指挥故耳。"（宋吴曾《能改斋漫录》引《释藏音义指归》）

◎王夷甫（衍）容貌整丽，妙于谈玄，恒捉白玉麈尾，与手都无分别。（南朝刘义庆《世说新语·容止》）

◎使君：此处当指会稽郡守程公阚师孟。

◎丁晋公（谓）为转运使，始制为凤团，后又为龙团，岁贡不过四十饼。天圣中又为小团，其饼迥加于大团。熙宁末，神宗有旨下建州制密云龙，其饼又加于小团。"（宋吴曾《能改斋漫录》引《画墁录》）

◎缕金团：即用金丝或金花包装之茶饼。参见《满庭芳》（北苑研膏）注。

◎玉尘：形容研碎的茶末。宋人饮茶，均先行碾碎。

◎紫瓯：紫砂茶盂。

◎巧笑倩兮，美目盼兮。（《诗经·卫风·硕人》）

◎凿金为莲花以帖地，令潘妃行其上，曰："此步步生莲花也。"（《南史·齐东昏侯纪》）

◎云破月来花弄影。（宋张先《天仙子·时为嘉禾小倅以病眠不赴府会》）

桃源忆故人

玉楼深锁薄情种，清夜悠悠谁共。羞

见枕衾鸳凤，闷即和衣拥。

无端画角严城动，惊破一番新梦。窗外月华霜重，听彻《梅花弄》。

◎严城：指险峻的城垣。

◎听彻：听毕。

◆自是凄冷。（明忭花盦丛书本《草堂诗馀》杨慎批语）

◆不解衣而睡，梦又不成，声声恼杀人。（明李攀龙《草堂诗馀隽》）

◆形容冬夜景色恼人，梦寐不成。其忆故人之情，亦辗转反侧矣。（同上）

◆词人用语助入词者甚多，入艳词者绝少。惟秦少游"闷则和衣拥"，新奇之甚。用"则"字亦仅见此词。（清彭孙遹《金粟词话》）

◆彭骏孙《金粟词话》云"词人用语助（略）……"按此乃少游恶劣语，何新奇之有？至用"则"字入词，宋人中屡见，"挤则而今挤了，忘则怎生便忘得"；又"忆则如何不忆"之类，亦岂谓之仅见！董文友词云："暗笑那人知未，薄幸从前既。"押"既"字稳而有味，似此方可谓用语助入艳词者。（清陈廷焯《白雨斋词话》）

调笑令 王昭君

回顾，汉宫路，捍拨檀槽鸾对舞。玉容寂寞花无主，顾影偷弹玉筋。未央宫殿知何处？目送征鸿南去。

◆《调笑令》十首并诗，皆受北宋汴京民间乐曲影响。《东京梦华录》卷五记载："崇观以来，在京瓦肆伎艺……不可胜数，不以风雨寒暑，诸棚看人，日日如是。"教坊"每遇旬休按乐，亦许人观看。每遇内宴前一月，教坊内勾集弟子小儿，习队舞作乐。"徐案：早在元祐年间，京师即有一种演唱形式，谓之《调笑转踏》，自宫廷传至民间。宋曾慥《乐府雅词》卷上首录此调，有《引》云："九重传出，以冠于篇首，诸公《转踏》次之。"近人王国维《宋元戏曲史》第四章据吴自牧《梦粱录》云："北宋之《转踏》，恒以一曲连续歌之。每一首咏一事，共若干首，则咏若干事。"此十首以一诗一词相间，亦每首咏一事，共咏十事，其体式即当时流行于汴京之《调笑转踏》，故王国维又云："其歌舞相兼者，则谓之《传踏》，亦谓之《转踏》，亦谓之《缠达》……其曲调唯《调笑》一调用之最多。"此十首似为适应艺人演唱要求而作。时间当在元祐五年（1090）至七年（1092）少游供职于秘书省期间。（徐培均《淮海居士长短句笺注》）

◆词前诗曰："汉宫选女适单于，明妃敛袂登毡车。玉容寂寞花无主，顾影低徊泣路隅。行行渐入阴山路，目送征鸿入云去。独抱琵琶恨更深，汉宫不见空回顾。"

◎（王）昭君，字嫱，南郡（今湖北秭归）人也。初，元帝时，以良家子选入掖庭。时呼韩邪来朝，帝敕以宫女五人赐之。昭君入宫数岁，不得见御，积悲怨，乃请掖庭令求行。呼韩邪临辞大会，帝召五女以示之。昭君丰容靓饰，光明汉宫，顾影裴回，竦动左右。帝见大惊，意欲留之，而难于失信，遂与匈奴。（《后汉书·南匈奴传》）

◎金捍拨在琵琶面上当弦，或以金涂为饰，所以捍护其拨也。（唐李贺《春怀引》"蟾蜍碾玉挂明弓，捍拨装金打仙凤。"王琦注引《海录碎事》）

◎檀槽：以紫檀木所制之琵琶槽。

◎黄金捍拨紫檀槽，弦索初张调更高。（唐张籍《宫词》）

◎未央宫殿：西汉宫殿，故址在今陕西西安西北。

◎愿假飞鸿翼，乘之以遐征。飞鸿不我顾，伫立以屏营。（晋石崇《王明君辞》）

◆前数行，疑是元人宾白所自始。被之管弦，竟是董解元（指《西厢记诸宫调》数段）。（明卓人月《古今词统》）

◆毛西河词话谓："赵德麟令時作《商调》鼓子词（指《蝶恋花》），谱《西厢》传奇，为杂剧之祖。"然《雅府乐词》卷首所载秦少游、晁补之、郑彦能《调笑转踏》，前有致语，末有放队，每调之前有口号诗，甚似曲本体例。（王国维《戏曲考原》）

又 乐昌公主

辇路，江枫古，楼上吹箫人在否？菱花半璧香尘污，往日繁华何处？旧欢新爱谁是主，啼笑两难分付。

◆词前诗曰："金陵往昔帝王州，乐昌主第最风流。一朝隋兵到江上，共抱恓恓去国愁。越公万骑鸣箫鼓，剑拥玉人天上去。空携破镜望红尘，千古江枫笼辇路。"

◎陈太子舍人徐德言之妻，后主叔宝之妹，封乐昌公主，才色冠绝。时陈政方乱，德言知不相保，谓其妻曰："以君之才容，国亡必入权豪之家，斯永绝矣。傥情缘未断，犹冀相见，宜有以信之。"乃破一镜，人执其半，约曰："他日必以正月望日卖于都市；我当在，即以是日访之。"及陈亡，其妻果入越公杨素之家，宠嬖殊厚。德言流离辛苦，仅能至京，遂以正月望日访于都市。有苍头卖半镜者，大高其价，人皆笑之。德言直引至其居，设食，具言其故，出半镜以合之，仍题诗曰："镜与人俱去，镜归人不归。无复嫦娥影，空留明月辉。"陈氏得诗，涕泣不食。素知之，怆然改容，即召德言，还其妻，仍厚遗之，闻者无不感叹，仍与德言、陈氏偕饮，令陈氏为诗，曰："今日何迁次？新官对旧官。笑啼俱不敢，方验作人难。"遂与德言归江南，竟以终老。（唐孟棨《本事诗·情感》）

◎辇路：辇道，此指乐昌公主被掳北去车辆经行之路。

◎箫史者，秦穆公时人也，善吹箫，能致孔雀、白鹤于庭。穆公有女字弄玉，好之，公遂以女妻焉。日教弄玉作凤鸣。居数年，吹似凤声，凤凰来止其屋。公为作凤台，夫妇止其上，不下数年，一旦皆随凤凰飞去。"（《列仙传》。此以吹箫人指代徐德言。）

◎旧说镜谓之菱华，以其面平，光影所成如此。（宋陆佃《埤雅·释草》）

◎旧欢：指前夫徐德言；新爱：指杨素。

又 崔徽

翡翠，好容止，谁使庸奴轻点缀。裴郎一见心如醉，笑里偷传深意。罗衣中夜与门吏，暗结城西幽会。

◆词前诗曰："蒲中有女号崔徽，轻似南山翡翠儿。使君当日最宠爱，坐中对客常拥持。一见裴郎心似醉，夜解罗衣与门吏。西门寺里乐未央，乐府至今歌翡翠。"

◎崔徽，河中府娼也。裴敬中以兴元幕使蒲州，与徽相从累月。敬中使还，崔以不得从为恨，因而成疾。有丘夏善写人形，徽托写真寄敬中曰："崔徽一旦不及画中人，且为郎死。"发狂卒。

崔徽本不是倡家，教歌按舞娟家长。使君知有不自由，坐在头时立在掌。有客有客名丘夏，善写仪容得艳姿。为徽持此谢敬中，以死报郎为终始。（唐元稹《崔徽歌并序》）

◎翡翠，形小不盈握，一种二色：翡，赤羽；翠，青羽。（《格物论》。翡翠，即翡翠鸟。）

◎门吏：指蒲州门吏。

又 _{无双}

相慕，无双女，当日尚书先曾许。王郎明俊神仙侣，肠断别离情苦。数年暌恨今复遇，笑指襄江归去。

◆词前诗曰："尚书有女名无双，蛾眉如画学新妆。姊家仙客最明俊，舅母唯只呼王郎。尚书往日先曾许，数载暌违今复遇。闻说襄江二十年，当时未必轻相慕。"

◎无双：唐人小说中人名。据薛调《无双传》：建中时中朝臣刘震之女名无双。震有姊寡居，携甥王仙客住于舅家。震之妻常戏呼仙客为王郎子。仙客之母临终时乞以无双归仙客，震许之。母死，仙客扶榇归葬于襄邓。未几，逢朱泚之乱，震以受伪命处极刑，无双没入掖庭，押赴陵园，赐药令自尽。仙客闻讯，求计于古押衙，得其帮助，无双复活，相携逃归襄江，夫妇偕老。（徐培均《淮海居士长短句笺注》）

◎尚书：指刘震，时任尚书租庸使。

又 灼灼

肠断，绣帘卷，妾愿身为梁上燕。朝朝暮暮长相见，莫遣恩迁情变。红绡粉泪知何限？万古空传遗怨。

◆词前诗曰："锦城春暖花欲飞，灼灼当庭舞《柘枝》。相君上客河东秀，自言那复傍人知。妾愿身为梁上燕，朝朝暮暮长相见。云收月堕海沉沉，泪满红绡寄肠断。"

◎灼灼，锦城官妓也，善舞《柘枝》，能歌《水调》，御史裴质与之善。裴召还，灼灼每遣人以软红绡聚红泪为寄。（宋张君房《丽情集》）

◎一愿郎君千岁，二愿妾身常健，三愿如同梁上燕，岁岁长相见。（五代冯延巳《长命女》）

又 盼盼

恋恋，楼中燕，燕子楼空春日晚。将军一去音容远，空锁楼中深怨。春风重到人不见，十二阑干倚遍。

◆词前诗曰："百尺楼高燕子飞，楼上美人颦翠眉。将军一去音容远，只有年年旧燕归。春风昨夜来深院，春色依然人不见。只馀明月照孤眠，唯望旧恩空恋恋。"

◎徐州故尚书有爱妓曰盼盼，善歌舞，雅多风态。予为校书郎时，游徐、泗间。张尚书宴予，酒酣，出盼盼以佐欢。欢甚，予因赠诗云：'醉娇胜不得，风袅牡丹花。’一欢而去，尔后绝不相闻。迨兹仅一纪矣。昨日司勋员外郎张仲素缋之访予，因吟新诗，有燕子楼三首，词甚婉丽。诘其由，为盼盼作也。缋之从事武宁军累年，颇知盼盼始末，云："尚书既殁，归葬东洛，而彭城有张氏旧第，第中有小楼名燕子。盼盼念旧爱而不嫁，居是楼十馀年，幽独块然，于今尚在。"（唐白居易《燕子楼诗序》）

◎将军：指尚书张愔。

◎燕子楼中霜月夜，秋来只为一人长。（唐白居易《燕子楼》）

◎燕子楼空，佳人何在？空锁楼中燕。（宋苏轼《永遇乐·彭城夜宿燕子楼梦盼盼因作此词》）

◎鸿飞满西洲，望郎上青楼。楼高望不见，尽日阑杆头。阑杆十二曲，垂手明如玉。（《乐府诗集·西洲曲》）

又　莺莺

春梦，神仙洞，冉冉拂墙花树动。西厢待月知谁共？更觉玉人情重。红娘深夜行云送，困亸钗横金凤。

◆词前诗曰："崔家有女名莺莺，未识春光先有情。河桥兵乱依萧寺，红愁绿惨见张生。张生一见春情重，明月拂墙花树动。夜半红娘拥抱来，脉脉惊魂若春梦。"

◎莺莺：崔莺莺与张生故事，出自唐元稹《会真记》：贞元中，故崔相国之女莺莺，随母归长安，路出蒲州，止于普救寺之西厢。有张生者游于蒲，亦止于该寺。时军人扰攘，崔氏不安，张生与蒲将之党有善，请吏护之。兵去，崔母设宴致谢，令莺莺出拜。张生自是惑之，缀春词二首，托崔氏婢红娘转达。莺莺报以诗笺，约其相会；及至，却又严词拒绝。张生自失者久之。忽一日，红娘陪莺莺来，与之幽会。如是者几一月。崔母觉之，拷红得实，令张赴试，怏怏而别。元稹尚有《续会真诗》三十韵、另唐人杨巨源有《崔娘诗》、李绅有《莺莺歌》、宋赵令畤有《商调蝶恋花》十二首、金董解元有《西厢记诸宫调》、元王实甫有《西厢记》杂剧，蔚为乐府盛事。（徐培均《淮海居士长短句笺注》）

◎河桥：《史记·秦本纪》昭襄王五十年"初作河桥"正义："此桥在同州临晋县东，渡河至蒲州，今蒲津桥也。"故址在今山西永济西蒲州与陕西大荔东大庆关之间黄河上。

◎兵乱：《会真记》云："是岁，浑瑊薨于蒲，有中人丁文雅，不善于军，军人因丧而扰，大掠蒲人。"萧寺，宋程大昌《演繁露》卷六："《国史补》曰：'梁武帝造寺，令萧子云飞帛大书"萧"字，至今一字犹在。……'案：此则萧寺者乃因'萧'字而名也。《刘禹锡集》卷二十九《送如智法师》曰：'前日过萧寺，看师上法筵。'则是概以僧寺为萧寺。"

◎待月西厢下，迎风户半开。拂墙花影动，疑是玉人来。（唐元稹《会真记》）

◎困惮：疲惫，萎靡。

又　采莲

柳岸，水清浅，笑折荷花呼女伴。盈盈日照新妆面，《水调》空传幽怨。扁舟日暮笑声远，对此令人肠断。

◆词前诗曰："若耶溪边天气秋，采莲女儿溪岸头。笑隔荷花共人语，烟波渺渺荡轻舟。数声《水调》红娇晚，棹转舟回笑人远。肠断谁家游冶郎，尽日踟蹰临柳岸。"

◎采莲：曲名，原为乐府旧题，始自梁武帝《江南弄》七首中之《采莲曲》，后世依题作辞者甚多，多写若耶溪越女采莲生活。马端临《文献通考》卷一四六《乐考》谓《采莲》宋时隶教坊舞队，舞女"衣红罗生色绰子，系晕裙，戴云鬟髻，乘彩船，执莲花"。此篇本于李白《采莲曲》："若耶溪旁采莲女，笑隔荷花共人语。日照新妆水底明，风飘香袖空中举。岸上谁家游冶郎，三三五五映垂杨。紫骝嘶入落花去，见此踟蹰空断肠。"（徐培均《淮海居士长短句笺注》）

又　烟中怨

眷恋，西湖岸，湖面楼台侵云汉。阿溪本是飞琼伴。风月朱扉斜掩。谢郎巧思诗裁剪，能动芳怀幽怨。

◆词前诗曰："鉴湖楼阁与云齐，楼上女儿名阿溪。十五能为绮丽句，平生未解出幽闺。谢郎巧思诗裁剪，能使佳人动幽怨。琼枝璧月结芳期，斗帐双双成眷恋。"

◎烟中怨：唐人传奇名。沈亚之《湘中怨》有序云："《湘中怨》者，事本怪媚，为学者未尝有述。然而淫溺之人，往往不瘳。”并自撰《解》云：“因悉补其词，题之曰《湘中怨》，盖欲使南昭嗣《烟中志》为偶倡也。”《烟中怨》即指昭嗣此作。昭嗣，名卓，著有《羯鼓录》，其《烟中怨》本事，见《嘉泰会稽志》卷十九：“越渔者杨父，一女，绝色，为诗不过两句。或问：‘胡不终篇？’曰：‘无奈情思缠绕，至两句即思迷不继。’有谢生求娶焉。父曰：‘吾女宜配公卿。’谢曰：‘谚云：少女少郎，相乐不忘；少女老翁，苦乐不同。且安有少年公卿耶？’翁曰：‘吾女词多两句，子能续之，称其意，则妻矣。’示其篇曰：‘珠帘半床月，青竹满林风。’谢续曰：‘何事今宵景，无人解与同？’女曰：‘天生吾夫！’遂偶之。后七年，春日，杨忽题曰：‘春尽花宜尽，其如自是花！’谢曰：‘何故为不祥句？’杨曰：‘吾不久于人间矣。’谢续曰：‘从来说花意，不过此容华。’杨即瞑目而逝，后一年，江上烟花溶曳，见杨立于江中，曰：‘吾本水仙，谪居人间；后悦思之，即复谪下，不得为仙矣。’”明钞本《绿窗新话》亦载此事，然极简略。少游此词略加变化，将越溪渔者杨氏女取名为阿溪。（徐培均《淮海居士长短句笺注》）

◎西湖：指鉴湖西部。

◎飞琼：仙女名。

◆此事（指《烟中怨》本事）甚僻。（明卓人月《古今词统》）

又 《离魂记》

心素，与谁语？始信别离情最苦。兰舟欲解春江暮，精爽随君归去。异时携手重来处，梦觉春风庭户。

◆词前诗曰："深闺女儿娇复痴，春愁春恨那复知？舅兄唯有相拘意，暗想花心临别时。离舟欲解春江暮，冉冉香魂逐君去。重来两身复一身，梦觉春风话心素。"

◎《离魂记》：唐人传奇名，陈玄佑撰。其故事略谓：天授三年，张镒官于衡州，有女名倩娘，甥名王宙。宙幼聪慧，美容范，镒尝许曰：他时当以倩娘妻之。后各长成，窃慕于心。然镒却以倩娘另许他人，女闻而抑郁。宙亦恚恨，托言赴京，买舟遽行。夜半，忽闻岸上有一行声甚疾，须臾至船，乃倩娘之魂。相与远遁，居蜀五年，生二子。倩娘思亲，俱归衡州。宙先至舅家，首谢其事。镒大惊。初，以其女固在闺中，病数年，未尝离也。遂遣人至舟中探视，果见一倩娘。室中女闻之，喜而起，魂与体遂合而为一。（徐培均《淮海居士长短句笺注》）

◎用物精多，则魂魄强，是以有精爽至于神明。（《左传》昭公七年。孔颖达疏："精亦神也，爽亦明也；精是神之未着，爽是明之未昭。"此处指倩娘魂魄。）

◆高耻庵所列丽句，原系天壤间有限之语，然古今人必以此为矜新显异者，自一字至四字为"字"，自五字至十五字为"句"。凑合不同，工力各别，特拈之不嫌其复也。至十六字，则成小令矣。"丝雨湿流光"：周晋仙谓《花间集》只有"丝雨湿流光"五字。……"心素，与谁语"，秦观《古调笑》句。"朝雨，湿愁红"，温庭筠《荷叶杯》句。（清沈雄《古今词话·词品》）

虞美人

高城望断尘如雾，不见联骖处。夕阳村外小湾头，只有柳花无数送归舟。

琼枝玉树频相见，只恨离人远。欲将幽恨寄青楼，争奈无情江水不西流！

◆少游于元丰三年庚申（1080）暮春南游扬州。词中所谓"高城"，当指扬州；所谓"归舟"，当指词人返回高邮之船；而频频回首，所眷念者，盖昔日曾与"联骖"之旧游也。词中所写景色，亦与所游之时相合。（徐培均《淮海居士长短句笺注》）

◎联骖：犹并辔而行。

◎扬州北十五里，有湾头镇。（清顾祖禹《读史方舆纪要·扬州府》）

◎魏明帝使后弟毛曾与夏侯玄并坐，时人谓蒹葭倚玉树。（南朝刘义庆《世说新语·容止》）

又

碧桃天上栽和露，不是凡花数。乱山深处水萦回，可惜一枝如画为谁开？

轻寒细雨情何限！不道春难管。为君沉醉又何妨，只怕酒醒时候断人肠。

◆宋杨偍《古今词话》云："秦少游寓京师，有贵官延饮，出宠妓碧桃侑觞，劝酒惓惓。少游领其意，复举觞劝碧桃。贵官云：'碧桃素不善饮。'意不欲少游强之。碧桃曰：'今日为学士拚了一醉！'引巨觞长饮。少游即席赠《虞美人》词曰（略）。阖座悉恨。贵官云：'今后永不令此姬出来！'满座大笑。"唐圭璋《词话丛编》本案："《绿窗新话》引上节不注所本，以他节例之，知即从《古今词话》出也。"据此可证此词作于元祐间。（徐培均《淮海居士长短句笺注》）

◎天上碧桃和露种，日边红杏倚云栽。（唐高蟾《下第后上永崇高侍郎》）

◎不道，犹云不知也；不觉也；不期也。李白《幽州胡马客歌》："虽居燕支山，不道朔雪寒。"言不知朔雪寒也。……欧阳修《玉楼春》词："尊前贪爱物华新，不道物新人易老。"言不知人已渐老也。（张相《诗词曲语辞汇释》）

◆（上阕）崔护《桃花》诗旨。（明沈际飞《草堂诗馀续集》）

◆抑扬百感。（同上）

又

行行信马横塘畔，烟水秋平岸。绿荷多少夕阳中，知为阿谁凝恨背西风？

红妆艇子来何处？荡桨偷相顾。鸳鸯惊起不无愁，柳外一双飞去却回头。

◆元丰二年己未（1079），少游南游会稽，有《游龙门山次程公韵》诗，云："路转横塘入乱峰，遍寻潇洒兴无穷。"《游鉴湖》诗云："画舫珠帘上缭墙，天风吹到芰荷乡。"所写景物，与词境相似，盖为同时之作。（徐培均《淮海居士长短句笺注》）

◎或五里七里而为一纵浦，又七里或十里而为一横塘，因塘浦之土以为堤岸，使塘浦阔深，堤岸高厚，则水不能为害而可使趋于江也。（《吴郡图记续记》"治水"）

◎多少绿荷相倚恨，一时回首背西风。（唐杜牧《齐安郡中偶题二首》）

◎阿谁：何人。

◎凝恨，恨之不已，犹云积恨也。（张相《诗词曲语辞汇释》）

◎柳外飞来双羽玉，弄晴相对浴。（唐韦庄《谒金门》）

点绛唇

醉漾轻舟，信流引到花深处。尘缘相误，无计花间住。

烟水茫茫，千里斜阳暮。山无数，乱红如雨，不记来时路。

◆此首兼咏刘晨、阮肇误入桃源及陶渊明《桃花源记》故事，参见《鼓笛慢》词注，疑绍圣二年乙亥（1095）贬居处州时作。（徐培均《淮海居士长短句笺注》）

◆如画。（明沈际飞《草堂诗馀·正集》）

又

月转乌啼，画堂宫徵生离恨。美人愁
闷，不管罗衣褪。

清泪班班，挥断柔肠寸。嗔人问，背
灯偷揾，拭尽残妆粉。

◎衣带渐宽终不悔，为伊销得人憔悴。（宋柳永《凤
栖梧》）

品　令

幸自得，一分索强，教人难吃。好好
地、恶了十来日，恰而今、较些不？

须管啜持教笑，又也何须胝织！衙倚
赖、脸儿得人惜，放软顽、道不得。

◆《词律》卷五杜文澜补注："按此调多作俳词，故
为彼时歌伶语气，多用入声。"徐案：此调《全宋词》中以
欧阳修"渐素景"一首为最早，此二首风格似之，然皆以
高邮方言写艳情，疑神宗熙宁年间乡居之时为应歌而作。
（徐培均《淮海居士长短句笺注》）

◎幸自得：本来是。

◎索强，犹云赛强或争强也，亦可作恃强解。秦观
《品令》词："幸自得，一分索强，教人难吃。"毛滂《浣
溪沙》"咏梅"词："月样婵娟雪样清，索强先占百花
春。"……皆其例也。（张相《诗词曲语辞汇释》）

【卷下】

◎难吃：难受。

◎恶：气恼、烦闷。

◎较些不：犹今语好些不。

◎啜持：哄骗。

◎肷织：意犹多曲折，不顺遂。

◎衡，犹尽也；纯也。其作尽义者，秦观《品令》词："衡倚赖、脸儿得人惜。放软顽、道不得。"言尽赖着脸儿得人爱也。放软顽，犹云撒娇。（张相《诗词曲语辞汇释》）

◆第二、三句，似石（孝友）词，"恶了"比前多二字，较全（清万树《词律》）。

◆秦少游《品令》后段云："须管啜持教笑，又也何须肷织。衡倚赖、脸儿得人惜。放软顽，道不得。"肷织、衡、倚赖，皆俳语。（清李调元《雨村词话》）

又

掉又嬥，天然个品格，于中压一。帘儿下、时把鞋儿踢，语低低、笑咭咭。

每每秦楼相见，见了无门怜惜。人前强、不欲相沾识，把不定、脸儿赤。

◎掉又嬥：宋时方言。此言女子姿态妖娆。

◎压一，压倒一切之意，犹云第一也。（张相《诗词曲语辞汇释》）

◎秦楼：借指妓院。

◎沾识：犹言沾惹、接近。

◎把不定：未被聘定。

◆秦少游《品令》"掉又嬛，天然个品格"，此正秦邮土音，用"个"字作语助，今秦邮人皆然也。《三百篇》如"其虚其邪，狂童之狂也且"，古人自操土音，北宋如秦柳，尚有此种。南宋姜白石、张玉田一派，此调不复有矣。（清焦循《雕菰楼词话》）

◆毛大可称词本无韵，是也。偶检唐宋人词，如杜安世《贺圣朝》用计（霁）、媚（寘）、待（贿）、爱（队）……秦观《品令》用得、织（职）、吃（锡）、日（质）、不（物）、惜（陌）……秦观《品令》云："掉又嬛，天然个品格，于中压一。帘儿下，时把鞋儿踢。语低低，笑咭咭。"……凡此皆用当时乡谈里语，又何韵之有？（同上）

◆《品令》出以调笑口吻，表现一副娇憨情形，而又多用俚语方言，与山谷艳词相类。其必为少年应歌之作。（龙榆生《苏门四学士·秦观》）

南歌子

玉漏迢迢尽，银潢淡淡横。梦回宿酒未全醒，已被邻鸡催起怕天明。

臂上妆犹在，襟间泪尚盈。水边灯火渐人行，天外一钩残月带三星。

◆《苕溪渔隐丛话·前集》卷五十引《高斋诗话》云："少游在蔡州……又《赠陶心儿》词云：'天外一钩横月带三星。'谓'心'字也。"案少游于元祐元年丙寅

（1086）任蔡州教授，至五年入京，词盖作于是时。（徐培均《淮海居士长短句笺注》）

◎银潢：银河。

◆又《赠陶心儿》"一钩残月带三星"，亦隐"心"字。山谷赠妓词："你共人女边着子，争知我门里添心？"亦隐"好闷"二字云。（明杨慎《词品》）

◆"你共人女边着子，争知我门里挑心"，对此则丑。（明卓人月《古今词统》）

◆秦淮海"天外一钩残月照三星"，只作晓景，佳！若指为心儿谜语，不与"女边着子，门里挑心"同堕恶道乎？（清沈谦《填词杂说》）

◆少游赠歌妓陶心儿《南歌子》词云（略）。末句暗藏"心"字，子瞻诮其恐为他姬厮赖也。（清徐釚《词苑丛谈》）

◆词中如"玉佩丁东"，如"一钩残月带三星"，子瞻所谓恐他姬厮赖，以取娱一时可也。乃子瞻《赠崔廿四》，全首如离合诗，才人戏剧，兴复不浅。（清刘体仁《七颂堂词绎》）

◆以人名字隐寓词中，始于少游之"一钩斜月带三星"，"小楼连苑横空"。无名氏之"梦也有头无尾"，虽游戏笔墨，亦自有天然妙合之趣。（清郭麐《灵芬馆词话》）

◆（结句）双关巧合，再过则伤雅矣。（清陈廷焯《词则·闲情集》）

◆秦少游赠陶心儿《南歌子》"天外一钩残月挂三星"，黄山谷《两同心》词"你共人女边着子，争知我门里挑心"，又《少年心》词"似合欢桃核，真堪人恨，心儿里有两个人人"，皆谜语也。《云溪友议》载晋公弟子裴诚与温岐为友，裴有《南歌子》云……二人又为《新添杨柳

枝》词，饮筵竞唱其词而打令也……知秦黄之词，盖有所本。（冒广生《冒鹤亭词曲论文集·疚斋词论》）

◆词章家隽句，每本禅人话头，如忠国师云："三点如流水，曲似刈禾镰。"（《五灯会元》卷三）大同禅师云："依稀似半月，仿佛若三星"（《五灯会元》卷十六），皆模状心字也。秦少游赠妓陶心儿词则云："一钩斜月带三星。"《稗海》本《泊宅编》卷上极称东坡赠陶心儿词"缺月向人舒窈窕，三星当户照绸缪"，以为善状物，盖不知有所本也。（钱锺书《谈艺录》）

又

【卷下】

愁鬟香云坠，娇眸水玉裁。月屏风幌为谁开？天外不知音耗百般猜。

玉露沾庭砌，金风动琯灰。相看有似梦初回，只恐又抛人去几时来。

◆少游元祐四年（1089）在蔡州有《赠女冠畅师》诗云："瞳人剪水腰如束，一幅乌纱里寒玉。飘然自有姑射姿，回看粉黛皆尘俗。雾阁云窗人莫窥，门前车马任东西。礼罢晓坛春日静，落红满地乳鸦啼。"《苕溪渔隐丛话·前集》卷五十引《桐江诗话》载其事："畅姓惟汝南有之，其族尤奉道，男女为黄冠者十之八九。时有女冠畅道姑，姿色妍丽，神仙中人也。少游挑之不得，作诗云……（略）"此词所咏与之有相似处，盖作于同时。（徐培均《淮海居士长短句笺注》）

◎月幛风幌：屏风窗帘。

◎琯灰：亦称葭灰，古代用以预测节气。据《后汉书·律历志》，烧葭成灰，置于律管内，至相应节气，葭灰即从律管内自行飞出，从而知节令。

◆相看又恐去，未去先问来，宛女子小声轻哠。（明沈际飞《草堂诗馀续集》）

又

香墨弯弯画，燕脂淡淡匀。揉蓝衫子杏黄裙，独倚玉阑无语点檀唇。

人去空流水，花飞半掩门。乱山何处觅行云？又是一钩新月照黄昏。

◎揉蓝：蓝色。

临江仙

千里潇湘挼蓝浦，兰桡昔日曾经。月高风定露华清。微波澄不动，冷浸一天星。

独倚危樯情悄悄，遥闻妃瑟泠泠。新声含尽古今情。曲终人不见，江上数峰青。

◆宋释惠洪《冷斋夜话》云："庐山郝亭湖庙甚灵，能分风送往来之舟。秦少游南迁宿其下，登岸纵望久之，归卧舟中，闻风声，侧枕视微波，月影纵横，追绎昔尝宿垂云老惜竹轩，见西湖月色如此，遂梦美人自言维摩诘散花天女也，以维摩诘像来求赞。少游爱其画，默念曰：'非道子不能作此。'天女以诗戏少游曰：'不知水宿分风浦，何似秋眠惜竹轩？闻道诗词妙天下，庐山对面可无言？ '少游梦中题其像曰……"此词云"千里潇湘挼蓝浦，兰桡昔日曾经"，又云"遥闻妃瑟泠泠"，意境相似。据秦《谱》，绍圣三年丙子（1096），少游自处州南徙郴州，词似作于舟经潇湘途中。（徐培均《淮海居士长短句笺注》）

◎挼蓝：形容江水的清澈。

◎月映长江秋水，分明冷浸星河。（五代欧阳炯《西江月》）

◎使湘灵鼓瑟兮，令海若舞冯夷。（《楚辞·远游》）

◎善鼓云和瑟，常闻帝子灵。……曲终人不见，江上数峰青。（唐钱起《省试湘灵鼓瑟》）

◆唐钱起《湘灵鼓瑟》诗末句："曲终人不见，江上数峰青。"秦少游尝用以填词云（词略）。滕子京亦尝在巴陵，以前两句填词云："湖水连天天连水，秋来分外澄清。君山自是小蓬瀛。气蒸云梦泽，波撼岳阳城。帝子有灵能鼓瑟，凄然依旧伤情。微闻兰芷动芳馨。曲终人不见，江上数峰青。"（宋吴曾《能改斋漫录》）

◆潭守宴客合江亭，时张才叔在座，令官妓悉歌《临江仙》。有一妓独唱两句云："微波浑不动，冷浸一天星。"才叔称叹，索其全篇。妓以实语告之："贱妾夜居商人船中，邻舟一男子，遇月色明朗，即倚樯而歌，声极凄怨。但以苦乏性灵，不能尽记。但助以一二同列，共往记之。"太守许焉。至夕，乃与同列饮酒以待。果一男子，三叹而歌。有赵琼者，倾耳堕泪曰："此秦七声度也！"赵善讴，少游南迁，经从一见而悦之。商人乃遣人问讯，即少游灵舟也。其词曰：（略）崇宁乙酉，张才叔过荆州，以语先子，乃相与叹息曰："少游了了，必不致沉滞恋此坏

身，似有物为之。然词语超妙，非少游不能作，抑又可疑也。”（宋吴炯《五总志》）

◆诗之幽瘦者，宋人均以入词，如“曲终人不见，江上数峰青”一联，秦少游直录其语。若是者不少，是在填词家善于引用，亦须融会其意，不宜全录其文。总之，词以纤秀为佳，凡使气、使才，矜奇、矜僻，皆不可一犯笔端。（清杜文澜《憩园词话》）

◆沈作喆《寓简》卷十云：汴京时，有戚里子邢俊臣，“善作《临江仙》词，末章必用唐律两句为谑，以调时人之一笑”。如其以“高”字为韵，末句云：“巍峩万丈与天高。物轻人意重，千里送鹅毛。”又以“陈”字为韵，词末云：“远来犹自忆梁陈。江南无好物，聊赠一枝春。”又押“诗”字韵，词末云：“用心勤苦是新诗。吟安一个字，捻断数根髭。”其实，略早于少游的晏幾道，所作《临江仙》（梦后楼台高锁），上结即用五代翁虹《春残》诗句：“落花人独立，微雨燕双飞。”于是渐成惯例。少游与滕宗谅作此调，亦用唐诗为结句，虽不谑，然亦当时风气使然耳。（徐培均《淮海居士长短句笺注》）

又

髻子偎人娇不整，眼儿失睡微重。寻思模样早心忪。断肠携手，何事太匆匆。

不忍残红犹在臂，翻疑梦里相逢。遥怜南埭上孤篷。夕阳流水，红满泪痕中。

◆此词似为忆内而作。词中“南埭”，系指召伯埭（今

江苏江都邵伯），因在词人故里高邮之南，故称南埭。少
游有《次韵子由召伯埭见别诗》三首，第一首有句云：
"召伯埭南春欲尽，为公重赋《畔牢愁》。"绍圣元年甲戌
（1094），少游出为杭州通判，途经邗沟，是时盖与家人告
别，事后忆及此情此景，感而赋此。（徐培均《淮海居士
长短句笺注》）

◎忪，心动不定，惊也，遑遽也。（《玉篇》）

◎还作江南梦，翻疑梦里逢。（唐戴叔伦《江乡故人
偶集客舍》）

◆（起句）两句佳人之神。（结句）自饶花色。（明沈
际飞《草堂诗馀续集》）

好事近 梦中作

春路雨添花，花动一山春色。行到小
溪深处，有黄鹂千百。

飞云当面化龙蛇，夭矫转空碧。醉卧
古藤阴下，了不知南北。

◆《苕溪渔隐丛话·前集》卷五十引《冷斋夜
话》云："秦少游在处州，梦中作长短句曰：山路雨添
花……。后南迁，久之，北归，逗留于藤州，遂终于瘴
江之上光华亭。时方醉起，以玉盂汲泉欲饮，笑视之而
化。"徐案：《苏诗总案》卷四十五载："本集书秦少游词
后云：'少游昔在虔州尝梦中作词云……'"虔州乃处州
之误。少游于绍圣元年贬监处州酒税，至绍圣三年岁暮徙
郴州，词盖绍圣三年丙子（1096）春天作于处州。（徐培
均《淮海居士长短句笺注》）

◎夭矫：屈伸自如，多形容纵恣舞动的姿态。

◆秦少游、贺方回相继以歌词知名。少游有词云："醉卧古藤阴下，了不知南北。"其后迁谪，卒于藤州光华亭上。方回亦有词云："当年曾到王陵铺，鼓角秋风，千岁辽东，回首人间万事空。"后卒于北门，门外有王陵铺云。（宋赵令畤《侯鲭录》）

◆贺方回初作《青玉案》词，遂知名，其间有云"彩笔新题断肠句"。后山谷有诗云："少游醉卧古藤下，谁作诗歌送一杯？解道江南断肠句，只今惟有贺方回。"盖载《青玉案》事。（宋阮阅《诗话总龟》）

◆叔原妙在得于妇人，方回妙在得词人遗意，非独两人而已，如少游临死作谶词云："醉卧古藤阴下，了不知南北。"必不至于西方净土。（宋王铚《默记》）

◆贺方回妙于小词……山谷尝手写所作《青玉案》者，置之几研间，时自玩味，曰："凌波不过横塘路，但目送飞鸿去。锦瑟华年谁与度？小桥幽径，绮窗朱户，只有春知处。　碧云冉冉蘅皋暮，彩笔空题断肠句。试问闲愁都几许？一川烟草，满城风絮，梅子黄时雨。"山谷云此词少游能道之，作小诗曰："少游醉卧古藤下，无复愁眉唱一杯。解道江南断肠句，而今惟有贺方回。"（宋魏庆之《诗人玉屑》引《冷斋夜话》）

◆张祜有句云："故国三千里，深宫十二年。"故杜牧云："可怜故国三千里，虚唱宫词满六宫。"郑谷亦云："张生有国三千里，知者唯应杜紫微。"秦少游有词云："醉卧古藤阴下。"故山谷云："少游醉卧古藤下……"正与杜、郑意同。（宋吴子良《荆溪林下偶谈》）

◆（过片）偶书所见。（结尾二句）白眼看世之态。酷似鬼词，宜其卒于藤州。（明沈际飞《草堂诗馀续集》）

◆秦观，字少游，号太虚，淮之高邮人，与苏、黄齐名，尝于梦中作《好事近》一词（略），其后以事谪藤州，竟死于藤，此词其谶乎？少游同时有贺铸，尝作《青玉案》悼之（词略）。山谷有诗云："少游醉卧古藤下……"（略）秦词世人少知，余尝亲见其墨迹，后有近代刘菊庄题云："名并苏黄学更优，一词遗墨至今留。无人唤醒藤州梦，淮水淮山总是愁。"亦不胜其感慨，因忆贺、黄二作，并书之。（明郎瑛《七修类稿》）

◆曹唐偶咏"水底有天春漠漠，人间无路月茫茫"，遂卒于僧舍。少游此词如鬼如仙，固宜不久。（明卓人月《古今词统》）

◆奇峭。（明陆云龙《词菁》）

◆少游得谪后，尝梦中作词云："醉卧古藤阴下，了不知南北。"竟以元符庚辰卒于藤州光华亭上。崇宁甲申，庭坚窜宜州，道过衡阳，览其遗墨，始追和其《千秋岁》词云。（清冯金伯《词苑粹编》）

◆概括一生，结语遂作藤州之谶。造语奇警，不似少游寻常手笔。（清周济《宋四家词选》）

◆笔势飞舞。（清陈廷焯《词则·别调集》）

◆例如前节所举之《千秋岁》，与下列之梦中作《好事近》（词略），其出笔之险峭，声情之凄厉，较之集中其它诸作，判若两人。此环境之转移，有关于词格之变化者也。（龙榆生《研究词学之商榷·批评之学》）

如梦令

莺嘴啄花红溜，燕尾点波绿皱。指冷玉笙寒，吹彻《小梅》春透。依旧，依旧，人与绿杨俱瘦。

◆此词一作黄庭坚作。

◎风乍起，吹皱一池春水。（五代冯延巳《谒金门》）

◎细雨梦回鸡塞远，小楼吹彻玉笙寒。（五代李璟《浣溪沙》）

◆意想妙甚，然春柳恐未必瘦。"指冷玉笙寒"二句，翻李后主（按，当是中主）"小楼吹彻玉笙寒"句。（明忭花盦丛书本《草堂诗馀》杨慎批语）

◆用字妍巧，寓意咏叹。（明李攀龙《草堂诗馀隽》）

《如梦令》（莺嘴啄花红溜）词意图

◆闻笛怀人，似梦中得句来。（同上）

◆琢句奇峭。春柳未必瘦，然易此字不得。（明沈际飞《草堂诗馀》）

◆美成"晕酥砌玉"，鲁直"莺嘴啄花红溜，燕尾点波绿皱"，俱为险丽。（明王世贞《弇州山人词评》）

◆王世贞曰：谢勉仲"染云为幌"，周美成"晕酥砌玉"，秦少游"莺嘴啄花红溜"，蒋竹山"灯摇缥晕茸窗冷"，的是险丽矣，觉斧痕犹在；未若王通叟踏青游诸什，真犹石尉香尘、汉皇掌上也。（清沈雄《古今词话·词品》）

◆"莺嘴啄花红溜，燕尾点波绿皱"，秦少游《如梦令》句，《吹剑录》曰："咏物形似，而少生动，与'红杏枝头'费如许气力。"（同上）

◆点景造微入妙。（清秦元庆本《诗馀》）

◆（结句）映起章（指前《如梦令》"门外鸦啼杨柳"）首句，亦申明五、六章之意。（清陈廷焯《词则·大雅集》）

木兰花慢

过秦淮旷望，迥萧洒，绝纤尘。爱清景风蜒，吟鞭醉帽，时度疏林。秋来政情味淡，更一重烟水一重云。千古行人旧恨，尽应分付今人。

渔村。望断衡门。芦荻浦，雁先闻。对触目凄凉，红凋岸蓼，翠减汀苹。凭高正千嶂黯，便无情、到此也销魂。江月知人念远，上楼来照黄昏。

醉蓬莱

见扬州独有，天下无双，号为琼树。占断天风，岁花开两次。九朵一苞，攒成环玉，心似珠玑缀。瓣瓣玲珑，枝枝洁净，世上无花类。

冷露朝凝，香风远送，信是琼瑶贵。料得天宫有，此地久难留住。翰苑才人，贵家公子，都要看花去。莫吝金钱，好寻诗伴，日日花前醉。

谓玉蕊花，止谓琼花如玉蕊之白耳。”徐案：元丰三年鲜于子骏为扬州守，待少游以礼，少游为作《扬州集序》，并相与和苏辙《游金山》一诗。此外，《淮海集》中有《次韵蔡子骏琼花》诗，云：“无双亭上传觞处，最惜人归月上时。相见异乡心欲绝，可怜花与月应知。”可证少游曾在扬州无双亭与鲜于子骏宴前赏花，当亦有填词咏琼花之可能；而填词时间，亦可能与鲜于子骏作诗之日相同。故系之于元丰三年（1080）庚申。（徐培均《淮海居士长短句笺注》）

◎扬州后土祠琼花，天下无二本，绝类聚八仙，色微黄而有香。仁宗庆历中，尝分植禁苑，明年辄枯；遂复载还祠中，敷荣如故。淳熙中，寿皇亦尝移植南内，逾年，憔悴无花，仍送还之。其后，宦者陈源命园丁取孙枝移接聚八仙根上，遂活；然其香色则大减矣。（宋周密《齐东野语》）

御街行

银烛生花如红豆。这好事、而今有。夜阑人静曲屏深，借宝瑟、轻轻招手。可怜一阵白蘋风，故灭烛，教相就。

花带雨、冰肌香透。恨啼鸟、辘轳声，晓岸柳，微风吹残酒。断肠时、至今依旧。镜中消瘦。那人知后，怕你来僝僽。

◆此词一作黄庭坚作（《忆帝京》）。

◆赵万里辑本引宋杨湜《古今词话》云：“秦少游在

扬州刘太尉家，出姬侑觞。中有一姝，善擘箜篌。此乐既古，近时罕有其传，以为绝艺。姝又倾慕少游之才名，偏属意。少游借箜篌观之。既而主人入宅更衣，适值狂风灭烛，姝来且亲，有仓卒之欢，且云：'今日为学士瘦了一半。'少游因作《御街行》以道一时之景。"徐案：少游熙宁年间（1068—1077）常往来于扬州。秦《谱》谓"会苏公自杭倅徙知密州，道经维扬，先生预作公笔语，题于一寺中。公见之大惊，及晤孙莘老，出先生诗词数百篇，读之，叹曰：'向书壁者，必此郎也。'遂结神交"。是时已有才名，且年轻，故可能有此韵事。（徐培均《淮海居士长短句笺注》）

◎今宵酒醒何处？杨柳岸，晓风残月。（宋柳永《雨霖铃》）

阮郎归

春风吹雨绕残枝，落花无可飞。小池寒绿欲生漪，雨晴还日西。

帘半卷，燕双归，讳愁无奈眉。翻身整顿着残棋，沉吟应劫迟。

◎讳愁：谓欲隐瞒内心的痛苦。

◆既已整顿，终不禁应劫之迟，真写生手。应劫，犹言应敌。（《类编草堂诗馀》）

◆眉不掩愁，棋不消愁，愁来何处着？（明忏花盦丛书本《草堂诗馀》杨慎批语）

◆"讳愁无奈眉"，写想深慧。"翻身"二句，愁人之致，极宛极真。此等情景，匪夷所思。（同上）

《阮郎归》（春风吹雨绕残枝）词意图

【补遗】

满江红 姝丽

越艳风流，占天上、人间第一。须信道、绝尘标致，倾城颜色。翠绾垂螺双髻小，柳柔花媚娇无力。笑从来、到处只闻名，今相识。

脸儿美，鞋儿窄。玉纤嫩，酥胸白。自觉愁肠搅乱，坐中狂客。《金缕》和杯曾有分，宝钗落枕知何日？谩从今、一点在心头，空成忆。

注》）

◎须信道，犹云须知道也。晏殊《渔家傲》词：“莫惜醉来开口笑。须信道，人间万事何时了。”……凡言须信道，义均同上。（张相《诗词曲语辞汇释》）

◎垂螺：古代女子结发为髻，形似螺壳而下垂。

◎一点：谓一点相思。

◆（下阕）太露，太急！（明沈际飞《草堂诗馀续集》）

画堂春

东风吹柳日初长，雨馀芳草斜阳。杏花零落燕泥香，睡损红妆。

宝篆烟消龙凤，画屏云锁潇湘。夜寒微透薄罗裳，无限思量。

◆此首别见明刻本《豫章黄先生词》。（《全宋词》）

◎雨后却斜阳，杏花零落香。（唐温庭筠《菩萨蛮》）

◆少游《画堂春》“雨馀芳草斜阳，杏花零落燕泥香”之句，善于状景物。至于“香篆暗消鸾凤、画屏萦绕潇湘”二句，便含蓄“无限思量”意思。此其有感而作也。（《类编草堂诗馀》引宋杨湜《古今词话》）

◆情景兼至。（明忏花盦丛书本《草堂诗馀》杨慎批语）

◆句句写景入画。言少而意甚多。（明李攀龙《草堂诗馀隽》）

◆以奇才运奇调，堪称奇章。（同上）

◆“杏花零落香”、“为怜流去落红香，衔将归画梁”

（曾觌《阮郎归》词），秦以一句出蓝。"萦绕潇湘"，画中之画。"宝篆烟消鸾凤，画屏云锁潇湘"，亦妙！（明沈际飞《草堂诗馀·正集》）

◆宋人议论拘执，秦观"杏花零落燕泥香"，盖词人数数用之，必欲执无者以概有者，不几乎摇手不得，毋乃太沾滞乎！（清贺裳《载酒园诗话》）

◆温飞卿《菩萨蛮》："雨后却斜阳，杏化零落香。"少游之"雨馀芳草斜阳，杏花零落燕泥香"，虽自此脱胎，而实有出蓝之妙。（王国维《人间词话》附陈乃干录自观堂旧藏《词辨》眉批）

◆高丽！直可使耆卿、美成为舆台矣。（清许昂霄《词综偶评》）

◆《古今词话》云：少游"芳草"、"杏花"二句，善于赋景物；"香篆"、"画屏"二句，便含蓄无限思量之意。此其有感而作也。（俞陛云《唐五代两宋词选释》）

海棠春

晓莺窗外啼声巧，睡未足、把人惊觉。翠被晓寒轻，宝篆沉烟袅。

宿酲未解，双娥报道，别院笙歌宴早。试问海棠花，昨夜开多少？

◎海棠花在否，侧卧卷帘看。（唐韩偓《懒起》）

◆"宿酲"承"睡未足"来，何等脉络！（明李攀龙《草堂诗馀隽》）

◆流莺唤睡，海棠独醒，情景恍在一盼中。（同上）

《海棠春》（晓莺窗外啼声巧）词意图

忆秦娥

暮云碧，佳人不见愁如织。愁如织，两行征雁，数声羌笛。

锦书难寄西飞翼，无言只是空相忆。空相忆，纱窗月淡，影双人只。

菩萨蛮

金风蔌蔌惊黄叶，高楼影转银蟾匝。梦断绣帘垂，月明乌鹊飞。

新愁知几许？欲似柳千缕。雁已不堪
闻，砧声何处村。

《菩萨蛮》（金风簌簌惊黄叶）词意图

金明池 春 游

琼苑金池，青门紫陌，似雪杨花满路。云日淡、天低昼永，过三点两点细雨。好花枝、半出墙头，似怅望、芳草王孙何处。更水绕人家，桥当门巷，燕燕莺莺飞舞。

怎得东君长为主？把绿鬓朱颜，一时留住。佳人唱、《金衣》莫惜，才子倒、玉山休诉。况春来、倍觉伤心，念故国情多，新年愁苦。纵宝马嘶风，红尘拂面，也则寻芳归去。

◆《历代诗馀》调下注："金明池，宋汴京游幸地也。南宋德寿出游，修旧京金明池故事。调名取此，双调，一百二十字。有以《夏云峰》别为一调者。按与此略无分别，盖即此调别名也。"《康熙钦定词谱》卷三十六云："调见《淮海词》，赋东京金明池，即以调为题也。"又云："此调始于秦观，有李弥逊词可校。"更云："馀参僧挥词。"后载之，名"又一体"，末注："此与秦词同，惟前段第七句作五字一句、四字一句。"僧挥即仲殊，与少游同时。徐案《淮海集》卷九有《西城宴集》诗二首，谓于元祐七年三月以中澣日游金明池、琼林苑，又会于国夫人园，会者二十有六人。诗云："楼台四望烟云合，帘幕千家锦绣垂。风过忽闻花外笑，日长时奏水中嬉。"又云："宜秋门外喜参寻，豪竹哀丝发妙

《金明池》（琼苑金池）词意图

音。""犹恨真人足官府，不如鱼鸟自飞沉。"词人当据游园所感，自创《金明池》一调，以写一时之景。诗词对照，可为一证。而同时人僧挥继而作之，又一证也。《乐府雅词·拾遗》卷上有王晋卿《踏青游》词，亦写金明池之游。晋卿名诜，与少游同时，尝同游西园，见卷上《望海潮》（梅英疏淡）注。此又一证也。有此二证，可见谓无名氏作者，实不知少游作此词之背景也。（徐培均《淮海居士长短句笺注》）

◎（金明）池在顺天门街北，周围约九里三十步，池西直径七里许。入池门内，南岸西去百馀步，有西北临水殿，车驾临幸，观争标锡宴于此。（宋孟元老《东京梦华录》）

◎青门：指帝京的城门。

◎紫陌：指京都的道路。

◎三点五点映山雨，一枝两枝临水花。（唐吴融《闲望》）

◎王孙游兮不归，芳草生兮萋萋。（《楚辞·招隐士》）

◎东君：指春神。

◎劝君莫惜金缕衣，劝君须惜少年时。花开堪折直须折，莫待无花空折枝。（唐杜秋娘《金缕衣》）

◎休诉：莫辞。

◎紫陌红尘拂面来，无人不道看花回。（唐刘禹锡《元和十年自朗州承召至京戏赠看花诸君子》）

◆怅望何处，只在燕飞莺舞中。（明李攀龙《草堂诗馀隽》）

◆点缀春光，如雨花错落。至佳人才子，共庆同春，犹令人神游十二峰，为之玩不释手。（同上）

夜游宫

何事东君又去？满空院、落花飞絮。巧燕呢喃向人语。何曾解，说伊家，些子苦？

况是伤心绪。念个人、久成睽阻。一觉相思梦回处。连宵雨，更那堪，闻杜宇！

◎东君：春神。

◎些子：一点儿。

◎个，指点辞，犹这也；那也。周邦彦《水龙吟》词："暗凝伫，因记个人痴小，乍窥门户。"赵闻礼鱼游春水词："愁肠断也，个人知未？"个人，那人也。（张相《诗词曲语辞汇释》）

◎睽阻：犹睽隔、睽离。

一斛珠 秋闺

碧云寥廓，倚阑怅望情离索。悲秋自

觉罗衣薄。晓镜空悬，懒把青丝掠。

江山满眼今非昨，纷纷木叶风中落。别巢燕子辞帘幕。有意东君，故把红丝缚。

青门饮 赠妓

风起云间，雁横天末，严城画角，《梅花》三奏。塞草西风，冻云笼月，窗外晓寒轻透。人去香犹在，孤衾长闲馀绣。恨与宵长，一夜熏炉，添尽香兽。

前事空劳回首。虽梦断春归，相思依旧。湘瑟声沉，庾梅信断，谁念画眉人瘦？一句难忘处，怎忍辜、耳边轻咒。任人攀折，可怜又学，章台杨柳。

见'任攀折'之句，遂削发为尼。"宋洪迈《夷坚志补》卷第二载少游在长沙遇一义倡，"为留数日，倡不敢以燕惰见，愈加敬礼。将别，嘱曰：'妾不肖之身，幸得侍左右。今学士以王命不可久留；妾又不敢从行，恐重以为累，唯誓洁身以报。他日北归，幸一过妾，妾愿毕矣。'少游许之。"秦《谱》："绍圣三年……先生在处州……以谒告写佛书为罪，削秩，徙郴州。先生将赴湖南，作《祭洞庭湖神文》。……岁暮抵郴州。"其经长沙，正值初冬。词云："雁横天末"、"塞草西风"，时令相符；而所云"湘瑟声沉，庾梅信断"，则又与二人所在之地吻合。词盖作于元符元年（1098）后贬谪岭南之际。（徐培均《淮海居士长短句笺注》）

◎《梅花》三奏：即《梅花三弄》，因叶韵而用"奏"字。琴曲名，又名《梅花引》、《梅花曲》、《玉妃引》。最早见于《神奇秘谱》，称此曲系根据晋桓伊所作笛曲改编而成，内容描写傲雪凌霜的梅花。全曲主调出现三次，故称"三弄"。

◎香兽：指抟成兽形的炭。《晋书·羊琇传》："琇性豪侈，费用无复齐限，而屑炭和作兽形以温酒。"

◎庾梅：庾岭之梅。

◎章台柳，章台柳，昔日青青今在否？纵使长条似旧垂，也应攀折他人手。（唐孟棨《本事诗·情感》载柳氏作。章台：汉代长安街道名，旧时多借指妓院。）

鹧鸪天

枝上流莺和泪闻，新啼痕间旧啼痕。一春鱼鸟无消息，千里关山劳梦魂。

无一语，对芳尊。安排肠断到黄昏。
甫能炙得灯儿了，雨打梨花深闭门。

◆四印斋本《漱玉词补遗》云："案毛钞本尚有《鹧鸪天》'枝上流莺'一阕、《青玉案》'一年春事'一阕，注云：'《草堂》作少游、永叔，而秦、欧集无。'今案此二阕，别本无作李（清照）词者，当是秦、欧之作。且脍炙人口，故未附录。"其说是。唐圭璋《词学论丛》二《考证》谓此首"见至正本《草堂诗馀》，但皆不著撰人，陈本《草堂诗馀》误作秦观词。"似可议。观以下"汇评"诸家意见，当以秦观作为是。作者若无悲惨遭遇，恐难写出此词。（徐培均《淮海居士长短句笺注》）

◆此词云"千里关山劳梦魂"，疑被放郴州后所作，盖在绍圣间。（徐培均《淮海居士长短句笺注》）

◎鱼鸟：犹鱼雁，指书信。

◎甫能，犹云方才也。（张相《诗词曲语辞汇释》）

◎寂寞空庭春欲晚，梨花满地不开门。（唐刘方平《春怨》）

◆此词形容愁怨之意最工，如后叠"甫能炙得灯儿了，雨打梨花深闭门"，颇有言外之意。（宋杨湜《古今词话》）

◆秦少游"安排肠断到黄昏。甫能炙后（"得"之误）灯儿了，雨打梨花深闭门"，则十二时无间矣。此非深于闺恨者不能也。（明王世贞《弇州山人词评》）

◆"安排肠断"三句，十二时中无间矣，深于闺怨者！末用李词（宋李重元《忆王孙·春景》词），古人爱句，不嫌相袭。（明沈际飞《草堂诗馀·正集》）

《鹧鸪天》（枝上流莺和泪闻）词意图

◆后段三句似佳，结语尤曲折婉约有味。若嫌曲细，词与诗体不同，正欲其精工。故谓秦淮海以词为诗，尝有"帘幕千家锦绣垂"之句。孙莘老见之云："又落《小石调》矣。"（明张綖《草堂诗馀别录》）

◆无限含愁说不得。（明忏花盦丛书本《草堂诗馀》杨慎批语）

◆"梨花"句与《忆王孙》同，才如少游，岂亦自袭邪，抑爱而不觉其重邪？（明茅暎《词的》）

◆新痕间旧痕，一字一血！（明李攀龙《草堂诗馀隽》）

◆结两句有言外无限深意。形容闺中愁怨，如少妇自吐肝胆语。（同上）

◆锦心绣口，出语皆菁！"安排"二字，楚绝！（明陆云龙《词菁》）

◆词虽浓丽而乏趣味者，以其但作情景两分语，不知作景中有情、情中有景语耳。"雨打梨花深闭门"、"落红万点愁如海"，皆情景双绘，故称好句而趣味无穷。（清沈祥龙《论词随笔》）

◆此词形容愁怨之意最工，如后叠"甫能炙得灯儿了，雨打梨花深闭门"，颇有言外之意。孤臣思妇，同难为情。"雨打梨花"句，含蓄得妙，超诣也！（清黄苏《蓼园词选》引《古今词话》）

醉乡春

唤起一声人悄，衾冷梦寒窗晓。瘴雨过，海棠开，春色又添多少。

社瓮酿成微笑，半缺椰瓢共舀。觉倾

倒，急投床，醉乡广大人间小。

◆《苕溪渔隐丛话·前集》卷五十引《冷斋夜话》云："少游在黄州，饮于海（棠）桥，桥南北多海棠。有老书生家于海棠丛间，少游醉宿于此，明日题其柱云（词略）。东坡爱其句，恨不得其腔，当有知者。"徐案："黄州"当为"横州"之误。又王本《补遗》案曰："国朝闵叙粤述海棠桥在横州西，宋时建。故老传曰：此桥南北，旧皆海棠；书生祝姓者家此。宋秦少游谪横，尝醉宿其家。明日题词而去。"秦《谱》：元符元年（1098），"先生自郴州赴横州。……既至横州，荒落愈甚，寓浮槎馆，居焉。城西有海棠桥……明日题其柱云……此词刻于州志，海棠桥至今有遗迹云"。此说是。（徐培均《淮海居士长短句笺注》）

◎瘴雨：旧时谓湖广一带山林间湿热蒸郁易使人发病的雨水。

◎社瓮：指社日所用的酒。

◎醉之乡去中国，不知其几千里也。其土旷然无涯，无丘陵阪险；其气和平一揆，无晦朔寒暑；其俗大同，无邑居聚落；其人甚清。（唐王绩《醉乡记》）

◎不如驱入醉乡中，只恐醉乡田地窄。（唐陆龟蒙《奉酬袭美苦雨见示》）

◆海棠桥在南宁府横州。桥南北皆植海棠，有书生祝姓者家此。宋秦观尝醉宿其家，明日题一词，云（词略）。（明彭大翼《山堂肆考·宫集》）

◆秦少游谪藤州，一日，醉卧野人家，有词云……（略）。此词本集不载，见于地志。而修《一统志》者，不识"酟"字，妄改可笑。聊着之。（明杨慎《词品》）

◆（结句）学得嗣宗（阮籍）双白眼。（明卓人月《古今词统》）

◆横州海棠桥，长百馀尺，皆以铁力为材，宋时所建者。其地建亭，亦名海棠亭。数年前，建业黄琮守州，改为淮海书院。余尝至访遗迹，有坏碑数通，漫灭不可读；后一小碑，仆于地，拂拭观之，乃刻晁无咎像也。云晁尝不远万里来访淮海，故存其刻云。（清秦瀛《淮海先生年谱》引王济著《日询手镜》）

南歌子 赠东坡侍妾朝云

霭霭凝春态，溶溶媚晓光。何期容易下巫阳，只恐使君前世是襄王。

暂为清歌驻，还因暮雨忙。瞥然归去断人肠，空使兰台公子赋《高唐》。

◆《瓮牖闲评》卷五谓："此秦少游为朝云作《南歌子》词也。'玉骨那愁瘴雾……'，此苏东坡为朝云作《西江月》词也。余谓此二词皆朝云死后作，其间言语亦可见。而《艺苑雌黄》乃云：'《南歌子》词者，东坡令朝云就少游乞之；《西江月》者，东坡作之以赠焉。'恐非也。"宋张邦基《侍儿小名录》"朝云"条："东坡先生侍妾曰朝云，字子霞，姓王氏，钱塘人。敏而好义，事先生二十有三年，忠敬若一。生子遯，未朞而夭。"案《冷斋夜话》云："东坡渡海，惟朝云王氏随行，日诵'枝上柳绵'二句，为之流泪。"《林下词谈》复谓"朝云不久抱疾而亡，子瞻终身不复听此词"。此指朝云歌《蝶恋花》（花褪残红青杏小）之事。又清叶申芗《本事词》卷上云：
"朝云，姓王氏，钱塘名妓也，子瞻守杭，纳为侍妾。朝
云敏而慧，初不识字，既事子瞻，遂学书，粗有楷法；又
学佛，略通大义。子瞻南迁，家姬多散去，独朝云愿侍
行。子瞻愈怜之。未几，病且死，诵《金刚经》四句偈而
绝，葬惠州栖禅寺松下。"可知朝云随东坡南迁，殁于惠
州。东坡元祐间有《南歌子》（云鬟裁新绿）词，内容与
本篇相近，似为赠答之作。据施宿《东坡先生年谱》，东
坡元祐六年闰八月出知颖州；而少游是时供职秘书省。故
本篇以"使君"称东坡，以"兰台公子"自喻，词盖作于
是时。《瓮牖》之说不确。（徐培均《淮海居士长短句笺
注》）

　　◎《漫叟诗话》云："高唐事乃楚怀王，非襄王也。
若古人云：'莫道无心便无事，也应愁杀楚襄王。'秦少
游词云：'不应容易下巫阳，只恐翰林前世是襄王。'皆
误用也。濠州西有高唐馆，俗以为楚之高唐也。御史阁钦
爱题诗云：'借问襄王安在哉？山川此地胜阳台。'有李
和风者，亦题诗云：'若向此中求荐枕，参差笑杀楚襄
王。'前人既误指其人，后人又误指其地，可笑。"苕溪
渔隐曰："《文选·高唐赋》云：'昔者，楚襄王与宋玉
游云梦之台，望高唐之观，其上独有云气。王问玉曰：此
何气也？玉对曰：所谓朝云者也。昔者，先王尝游高唐，
怠而昼寝，梦见一妇人曰：妾巫山之女也。'李善注云：
'楚怀王游于高唐，梦与神遇。'则《漫叟诗话》之言是
也。然《神女赋》复云：'楚襄王与宋玉游于云梦之浦，
使玉赋高唐之事。其后王寝，梦与神女遇，其状甚丽。'以
此考之，则楚襄王亦梦与神女遇。但楚怀王是游高唐，楚
襄王是游云梦，以此不可雷同用事耳。"（宋胡仔《苕溪

渔隐丛话·前集》）

◎兰台公子：指宋玉。

◆《艺苑雌黄》云："朝云者，东坡侍妾也，尝令就秦少游乞词，少游作《南歌子》赠之云（词略）。何其婉媚也！《复斋漫录》云：'《洛阳伽蓝记》言：河间王有婢名曰朝云，善吹篪。诸羌叛，王令朝云假为老妪吹篪，羌人无不流涕，后降。语曰：快马健儿，不如老妪吹篪。'然则名婢曰朝云，不始于东坡也。"（宋胡仔《苕溪渔隐丛话·后集》）

又

夕露沾芳草，斜阳带远村。几声残角起谯门，撩乱栖鸦飞舞闹黄昏。

天共高城远，香馀绣被温。客程常是可销魂，乍向心头横着个人人。

◆此首及下一首录自《乐府雅词·拾遗》卷下。唐圭璋《词学论丛》二《考证》案云："二首见《乐府雅词·拾遗》，亦不着撰人，后人误作秦观词。"然检《丛书集成本》初编《乐府雅词·拾遗》卷下，前一首不著撰人，后一首署秦观作；王本《补遗》亦注云："见宋曾慥《乐府雅词》。"此首亦见《花草粹编》卷五，作秦观词。（徐培均《淮海居士长短句笺注》）

◎人人，对于所昵者之称，多指彼美而言。欧阳修《蝶恋花》词："翠被双盘金缕凤。忆得前春，有个人人共。"（张相《诗词曲语辞汇释》）

又

　　楼迥迷云日，溪深涨晚沙。年来憔悴
费铅华，楼上一天春思浩无涯。

　　罗带宽腰素，真珠溜脸霞。海棠开过
柳飞花，薄幸只知游荡不思家。

总　评

宋黄庭坚《病起荆江亭即事十首》之一　　闭门觅句陈无己，对客挥毫秦少游。正字不知温饱未？西风吹泪古藤州。

宋张耒《寄参寥诗五首》其三　　秦子我所爱，词若秋风清。萧萧吹毛发，肃肃爽我情。精工造奥妙，宝铁镂瑶琼。我虽见之晚，披豁见平生。又闻从苏公，复与子同行。更酬而迭唱，钟磬日撞鸣。东吴富山川，草木馀春荣。悲余独契阔，不得陪酬赓。

宋陈师道《后山诗话》　　退之以文为诗，子瞻以诗为词，如教坊雷大使之舞，虽极天下之工，要非本色。今代词手，惟秦七、黄九尔，唐诸人不逮也。

宋叶梦得《避暑录话》　　秦观少游亦善为乐府，语工而入律，知乐者谓之作家歌，元丰间盛行于淮楚。"寒鸦千万点，流水绕孤村"，本隋炀帝诗也，少游取以为《满庭芳》词，而首言"山抹微云，天黏衰草"，尤为当时所传。苏子瞻于四学士中最善少游，故他文未尝不极口称善，岂特乐府？然犹以气格为病，故常戏云："山抹微云秦学士，露花倒影柳屯田。""露花倒影"，柳永《破阵子》语也。

宋胡仔《苕溪渔隐丛话·后集》引李清照《词论》　乃知（词）别是一家，知之者少。后晏叔原、贺方回、秦少游、黄鲁直出，始能知之。又晏苦无铺叙。贺苦少典重。秦即专主情致，而少故实，譬如贫家美女，虽极妍丽丰逸，而终乏富贵态。黄即尚故实，而多疵病，譬如良玉有瑕，而价自减半矣。

又《后集》　　苕溪渔隐曰："无己称：'今代词手，惟秦七、黄九，唐诸人不逮也。'无咎称：'鲁直词不是当家语，自是着腔子唱好诗。'二公在当时，品题不同如此。自今观之，鲁直词亦有佳者，第无多首耳。少游词虽婉美，然格力失之弱。二公之言，殊过誉也。"

又《前集》引《王直方诗话》　　东坡尝以所作小词示无咎、文潜，曰："何如少游？"二人皆对云："少游诗似小词，先生小词似诗。"

又《前集》引《王直方诗话》　　元祐中，诸公以上巳日会西池，王仲至有二诗，文潜和之最工，云："翠浪有声黄帽动，春风无力彩旗垂。"至秦少游即云："帘幕千家锦绣垂。"仲至读之，笑曰："此语又待入《小石调》也。"然少游有"已烦逸少书陈迹，更属相如赋《上林》"之句，诸人亦以为难及。

又《后集》引《艺苑雌黄》　　柳之《乐章》，人多称之，然大概非羁旅穷愁之词，则闺门淫媒之语；若欧阳永叔、晏叔原、苏子瞻、黄鲁直、张子野、秦少游辈较之，万万相辽。彼其所以传名者，直以言多近俗、俗子易悦故也。

宋魏庆之《诗人玉屑》引《冷斋夜话》　　少游小词奇丽，咏歌之，想见其神情在绛阙道山之间。

宋惠洪《冷斋夜话》　　东坡初未识少游，少游知其将复过维扬，作坡笔语，题壁于一山寺中。东坡果不能辨，大惊。及见孙莘老，出少游诗词数十篇，读之，乃叹曰："向书壁者，定此郎也。"后与少游维扬别，作《虞美人》曰："波声拍枕长淮晓，隙月窥人小。无情汴水自东流，只载一船离恨向西州。　　竹阴花圃曾同醉，酒味多于泪。谁教风鉴在尘埃，酝造一场烦恼送人来。"

宋王灼《碧鸡漫志》　　张子野、秦少游，俊逸精妙。少游屡困京洛，故疏荡之风不除。

宋孙竞《竹坡词序》　　昔蔡伯世评近世之词，谓苏东坡辞胜乎情，柳耆卿情胜乎辞，辞情兼称者，唯秦少游而已。

宋杨万里《过高邮》诗　　一州斗大君休笑，国士秦郎此故乡。

宋周必大《益公题跋跋米元章书秦少游词》　　借眼前之景，而含万里不尽之情；因古人之法，而得三昧自在之力。此词此字所以传世。乾道己丑五月二十四日。

宋陈善《扪虱新话》　　欧阳公不得不收东坡，所谓"老夫当避路，放他出一头地"，其实掩抑渠不得也。东坡亦不得不收秦少游，黄鲁直辈。少游歌词当在东坡上。少游不遇东坡，当能自立，必不在人下也；然提奖成就，坡力为多。

宋刘将孙《养吾斋集·新城饶克明集词序》　　今曲而参差不齐，不复可以充口而发，随声而协矣，然犹未至于大曲也。及柳耆卿辈以音律造新声，少游、美成以才情畅制作，而歌非朱唇皓齿，如负之矣。

宋王偁《题书舟词》　　昔晏叔原以大臣子处富贵之极，为靡丽之词。其政事堂中旧客，尚欲其捐有馀之才，凯未全之德者。盖叔原独以词名尔，他文则未传也。至少游、鲁直则已兼之。故陈无己之作，自云"不减秦七、黄九"，是亦推尊其词矣。余谓正伯为秦、黄则可，为叔原则不可。

宋罗大经《鹤林玉露》　　山谷云："闭门觅句陈无己，对客挥毫秦少游。"世传无己每有诗兴，拥被卧床，呻吟累日，乃能成章。少游则杯觞流行，篇咏错出，略不经意。然少游特流连光景之词，而无己意高词古，直欲追踵雅正，正自不可同年语也。

宋韩淲《涧泉日记》　　少游在黄、陈之上。黄鲁直意趣极高。

宋汤衡《于湖词序》　　昔东坡见少游上巳游金明池诗有"帘幕千家锦绣垂"之句，曰："学士又入《小石调》矣。"世人不察，便谓其诗似词，不知坡之此言，盖有深意。夫镂玉雕琼，裁花剪叶，唐末词人非不美也；然粉泽之工，反累正气。东坡虑其不幸而溺乎彼，故援而止之惟恐不及。其后元祐诸公嬉弄乐府，寓以诗人句法，无一毫浮靡之气，实自东坡发之也。

宋楼钥《黄太史书少游海康诗题跋》　　祭酒芮公赋《莺花亭》诗，其中一绝云："人言多技亦多穷，随意文章要底工？淮海秦郎天下士，一生怀抱百忧中。"尝诵而悲之。醉卧古藤，诚可深惜。宜人者宜于人，竟亦不免，哀哉！

宋张炎《词源》　　秦少游词，体制淡雅，气骨不衰，清丽中不断意脉，咀嚼无滓，久而知味。

又《词源序》　　旧有刊本《六十家词》，可歌可诵者，指不多屈。中间如秦少游、高竹屋、姜白石、史邦卿、吴梦窗，此数家格调不侔，句法挺异，俱能特立清新之意，删削靡曼之词，自成一家，各名于世。

明杨慎《词品》序　　诗词同工而异曲，共源而分派……宋人如秦少游、辛稼轩，词极工矣，而诗殊不强人意。疑若独藝然者，岂非异曲分派之说乎？

明王世贞《艺苑卮言》　　永叔、介甫俱文胜词，词胜诗，诗胜书。子瞻书胜词，词胜画，画胜文，文胜诗。然文等耳，馀俱非子瞻敌也。鲁直书胜词，词胜诗，诗胜文。少游词胜书，书胜文，文胜诗。

明王世贞《弇州山人词评》　　《花间》以小语致巧，《世说》靡也；《草堂》以丽字取妍，六朝隃也。即词号称诗馀，然而诗人不为也。何者？其婉娈而近情也，足以移情而夺嗜；其柔靡而近俗也，诗蝉缓而就之，而不知其下也。之诗而词，非词也；之词而诗，非诗也。言其业：李氏晏氏父子、耆卿、子野、美成、少游、易安，至也，词之正宗也。温、韦艳而促，黄九精而险，长公丽而壮，幼安辩而奇，又其次也，词之变体也。词兴而乐府亡矣，曲兴而词亡矣。非乐府与词之广，其调广也。

明张綖《诗馀图谱·凡例》　　词体大略有二：一体婉约，一体豪放。婉约者欲其词情蕴藉，豪放者欲其气象恢宏。盖亦存乎其人。如秦少游之作多是婉约，苏子瞻之作多是豪放。大抵词体以婉约为正，故东坡称少游为今之词手，后山评东坡如教坊雷大使舞，虽极天下之工，要非本色。

明张綖《秦少游先生淮海集序》　　盖其逸情豪兴，围红袖而写论，驱风雨于挥毫，落珠玑于满纸，婉约绮丽之句，绰乎如步春时女，华乎如贵游子弟。

明王象晋《秦张两先生诗馀合璧序》　　诗馀盛于赵宋，诸凡能文之士，靡不舐墨吮毫，争吐其胸中之奇，竞相雄长。及淮海一鸣，即苏黄且为逊席。盖诗有别才，从古志之。诗之一派，流为诗馀，其情郅，其词婉，使人诵之，浸淫渐渍，而不自觉。总之不离温厚和平之旨者近是，故曰：诗之馀也。此少游先生所独擅也。

明沈际飞《草堂诗馀序》　　诗与词几不可强同，而杨用修亦曰：诗圣如子美，不作填词，宋人如秦、辛，词极工矣，而诗不强人意。

又　　甚而远女子，读《淮海词》，亦解脍炙，继之以死，非针石芥珀之投，曷由至是？

明何良俊《草堂诗馀序》　　然乐府以皦迳扬厉为工，诗馀以宛丽流畅为美。即《草堂诗馀》所载，如周清真、张子野、秦少游、晏叔原诸人之作，柔情曼声，摹写殆尽，正词家所谓当行、所谓本色也，第恐曹、刘不肯为之耳。

明俞彦《爱园词话》 欧苏黄秦，足当高岑王李。

明徐渭《南词叙录》 晚唐、五代，填词最高，宋人不及。何也？词须浅近，晚唐诗文最浅，邻于词调，故臻上品。宋人开口便学杜诗，格高气粗，出语便自生硬。其间若淮海、耆卿、叔原辈，一二语入唐者有之，通篇则无有。

清王士禛《分甘馀话》 凡为诗文，贵有节制，即词曲亦然。正调至秦少游、李易安为极致，若柳耆卿则靡矣。变调至东坡为极致，辛稼轩豪于东坡而不免稍过，若刘改之则恶道矣。学者不可以不辨。

清王士禛《倚声集序》 语其正则南唐二主为之祖，至《漱玉》、《淮海》而极盛。……语其变则眉山导其源，至稼轩、放翁而尽变。

清王士禛《高邮雨泊》 寒雨秦邮夜泊船，南湖新涨水连天。风流不见秦淮海，寂寞人间五百年。

清王士禛《秦邮杂诗》之二 高台几废文章古，果是江河万古流。

清张宗橚《词林纪事》引楼敬思云 《淮海词》风骨自高，如红梅作花，能以韵胜，觉清真亦无此气味也。

清世经堂康熙十七年残本《词综》卷六秦观名上眉批 《淮海词》秀润和雅，能言人意中事，而不趋尖刻一路，北宋自以此君为第一。

清邹祇谟《远志斋词衷》　　余尝与（董）文友论词，谓小调不学花间，则当学欧晏秦黄。《花间》绮琢处，于诗为靡，而于词则如古锦纹理，自有暗然异色。欧晏蕴藉，秦黄生动，一唱三叹，总以不尽为佳。

清贺裳《皱水轩词筌》　　少游能曼声以合律，写景极凄婉动人；然形容处殊无刻肌入骨之言，去韦庄、欧阳炯诸家，尚隔一尘。

又　　长调推秦柳周康为飆律，然康惟《满庭芳·冬景》一词，可称禁脔，馀多应酬铺叙，非芳旨也。周清真虽未高出，大致匀净，有柳攲花弹之致，沁人肌骨处，视淮海不徒娣姒而已。

清彭孙遹《金粟词话》　　词家每以秦七、黄九并称，其实黄不及秦远甚，犹高之视史，刘之视辛，虽齐名一时，而优劣自不可掩。

清冯班《钝吟文稿》　　鲁公作相，有"曲子相公"之言，一时以为耻。坡公谓秦太虚乃学柳七作曲子，秦愕然以为不至是。是艳词非宋人所尚也。

清纪昀《四库全书总目提要·淮海词提要》　　观诗格不及苏黄，而词则情韵兼胜，在苏黄之上。流传虽少，要为倚声家一作手。

清张惠言《词选叙》　　宋之词家，号为极盛，然张先、苏轼、秦观、周邦彦、辛弃疾、姜夔、王沂孙、张炎，渊渊乎文有其质焉，其荡而不返，傲而不理，枝而不物。柳永、黄庭坚、刘过、吴文英之伦，亦各引一端，以取重于当世。而前数子者，又不免有一时放浪通脱之言出于其间。后进弥以驰逐，不务原其指意，破析乖刺，坏乱而不可纪。

清董士锡《餐华吟馆词序》　　昔柳耆卿、康伯可未尝学问，乃以其鄙嫚之辞缘饰音律，以投时好，而词品以坏。姜白石、张玉田出，力矫其弊为清雅之制，而词品以尊。虽然，不合五代、全宋以观之，不能极词之变也。不读秦少游、周美成、苏东坡、辛幼安之别集，不能撷词之盛也。元明至今，姜张盛行，而秦周苏辛之传几绝，则以浙西六家独尊姜张之故。盖尝论之：秦之长，清以和；周之长，清以折，而同趋以丽。苏辛之长，清以雄；姜张之长，清以逸。而苏辛不自调律，但以文辞相高，以成一格。此其异也。六子者，两宋诸家，皆不能过焉。然学秦病贫，学周病涩，学苏病疏，学辛病纵，学姜张病肤。盖取其丽与雄与逸，而遗其清，则五病杂见，而三长亦渐以失。

清李调元《雨村词话》　　后山谓今词家惟秦七、黄九，此语大不可解。山谷惟工诗耳，词非所长。

又　　人谓东坡长短句不工媚词，少谐音律，非也，特才大不肯受束缚而然，间作媚词，却洗尽铅华，非少游女娘语所及。

又　当时黄秦并称，大有老子韩非同传之叹。

清沈雄《古今词话·词话》　陈后山曰："今代词手，惟秦七、黄九耳，馀人不逮也。"然秦能曼声以合律，形容处殊无刻肌入骨语。黄时出俚浅，可谓伧父。然黄有"春未透，花枝瘦，正是愁时候"，亦非秦所能及。

清王博文《天籁集序》　乐府始于汉，着于唐，盛于宋，大概以情致为主。秦晁贺晏虽得其体，然哇淫靡曼之声胜。东坡、稼轩矫之以雄词英气，天下之趋向始明。

清汪懋麟《棠村词序》　余尝论宋词有三派：欧晏正其始，秦黄周柳姜史李清照之徒备其盛，东坡稼轩放乎其言之矣。

清宋翔凤《乐府馀论》　按词自南唐以来，但有小令，其慢词盖起宋仁宗朝。中原息兵，汴京繁庶，歌台舞榭，竞赌新声。耆卿失意无俚，流连坊曲，遂尽收俚俗语言，编入词中，以便伎人传习。一时动听，散播四方。其后东坡、少游、山谷辈，相继有作，慢词遂盛。

清谢章铤《赌棋山庄词话》　小调不学花间，则当学欧晏秦黄，总以不尽为佳。

又　元祐、庆历，代不乏人：晏元献之辞致婉约，苏长公之风情爽朗。豫章、淮海，掉鞅于词坛；子野、美成，联镳于艺苑。幽索如屈宋，悲壮如苏李，固已同祖风骚，力求正始。……若夫学士微云，郎中三影，尚书红杏之篇，处士春草之什，柳屯田"晓风残月"，文洁而体清；李易安"落日""暮云"，虑周而藻密：综述性灵，敷写器象，盖骎骎乎大雅之林矣！

又　　余尝谓稽之宋词，秦柳，其南曲昆山腔乎；苏辛，其北曲秦腔乎？此即教坊大使对东坡之说也。

又　　竹垞（朱彝尊）曰："世人言词，必称北宋，然词至南宋始极其工，至宋季而始极其变。"此为当时孟浪言词者。发其实，北宋如晏、柳、苏、秦，可谓之不工乎？且竹垞之与李十九论词也，亦曰"慢词宜师南宋，而小令宜师北宋"矣。

又　　晏秦之妙丽，源于李太白、温飞卿。姜、史之清真，源于张志和、白香山。惟苏、辛在词中，则藩篱独辟矣。

又　　坡公谓秦太虚乃学柳七作曲子，秦愕然以为不至是，是艳词非北宋人所尚也。

又　　仆又谓，词体如美人含娇，秋波微转，正视之一态，旁观之一态，近窥之一态，远窥之又一态。数语颇俊，然此亦谓温李晏秦耳，若苏辛刘蒋，则如素娥之视宓妃，尚嫌临波作态。

又　　北宋多工短调，南宋多工长调。北宋多工软语，南宋多工硬语。然二者偏至，终非全才。欧阳、晏、秦，北宋之正宗也。柳耆卿失之滥，黄鲁直失之伧。白石、高、史，南宋之正宗也。吴梦窗失之涩，蒋竹山失之流。若苏、辛自立一宗，不当侪于诸家派别之中。

又《续编》　南宋词近耆卿者多，近少游者少，少游疏而耆卿密也。词固必期合律，然《雅》《颂》合律，《桑间》《濮上》亦未尝不合律也。律和声本于诗言志，可为专讲律者进一格焉。

清江顺诒《词学集成》引尤侗悔庵《词苑丛谈·序》唐诗有初盛中晚，宋词亦有之。唐之诗由六朝乐府而变，宋之词由五代长短句而变。约而次之，小山、安陆，其词之初乎，淮海、清真，其词之盛乎。石帚、梦窗，似得其中。碧山、玉田，风斯晚矣。唐诗以李、杜为宗，而宋词苏、陆、辛、刘，有太白之气。秦、黄、周、柳，得少陵之体。

又　陶篁村自序云："倚声之作，莫盛于宋，亦莫衰于宋。尝惜秦、黄、周、柳之才，徒以绮语柔情，竞夸艳冶，从而效之者加厉焉。遂使郑卫之音，泛滥于六七百年，而雅奏几乎绝矣。"诒案：词之坏，坏于秦、黄、周、柳之淫靡，非有巨识，孰敢议宋人耶！

又　蔡小石宗茂《拜石词序》云："词盛于宋，自姜、张以格胜，苏、辛以气胜，秦、柳以情胜，而其派乃分。然幽深窅眇，语巧则纤，跌宕纵横，语粗则浅。异曲同工，要在各造其极。"诒案：此以苏、辛、秦、柳与姜、张并论，究之格胜者，气与情不能逮。

又　宗小梧司马云："《香奁》格非词之正宗，可使大千世界迷人，同登觉路，吾欲比于洙泗正乐之功。"诒案：词章之学，汉宋诸儒所不屑道。淫词艳语，有害于人心风俗不少，未始非秦七、黄九阶之厉。此姜、张所以独有千古也。

清江顺诒《与黄子鲁论词书》　故赵宋一代作者，苏辛之派不及姜史，姜史之派不及晏秦，此故正变之推未穷，而亦以填词为小道，若其量之只宜如此者。

又　包慎伯大令世臣《月底修箫谱序》云：意内而言外，词之为教也。然意内不可强致，言外非学不成，是词说者言外而已。言成则有声，声成则有色，色成而味出焉。三者具，则足以尽言外之才矣。若夫成人之速者莫如声，故词名倚声。倚声之得者又有三：曰清，曰脆，曰涩。不脆则声不成，脆矣而不清则腻，清矣而不涩则浮。屯田、梦窗以不清伤气，淮海、玉田以不涩伤格，清真、白石则能兼之矣。六家于言外之旨，得矣。以云意内，惟白石、玉田耳！淮海时时近之，清真、屯田、梦窗皆去之弥远。而俱不害为可传者，则以其声之幺眇铿磬，恻恻动人，无色而艳，无味而甘故也。

清胡薇元《岁寒居词话》　　《淮海词》一卷，宋秦观少游作，词家正音也。故北宋惟少游乐府语工而入律，词中作家，允在苏、黄之上。

清田同之《西圃词说》　　北宋秦少游妙矣，而尚少刻肌入骨之语，去韦庄、欧阳修诸家尚隔一尘。黄山谷时出俚语，未免伧父，然"春未透，花枝瘦，正是愁时候"，新俏亦非秦所能作。

又　　华亭宋尚木征璧曰：吾于宋词得七人焉，曰永叔秀逸，子瞻放诞，少游清华，子野娟洁，方回鲜清，小山聪俊，易安妍婉。若鲁直之苍老，而或伤于颓。介甫之劗削，而或伤于拗。无咎之规检，而或伤于朴。稼轩之豪爽，而或伤于霸。务观之萧散，而或伤于疏。此皆所谓我辈之词也。苟举当家之词，如柳屯田哀感顽艳，而少寄托。周清真蜿蜒流美，而乏陡健。康伯可排叙整齐，而乏深邃。……词至南宋而繁，亦至南宋而敝，作者纷如，难以概述矣。

清先著《词洁》　　词家正宗，则秦少游、周美成。然秦之去周，不止三舍。宋末诸家，皆从美成出。

清周济《宋四家词选·目录序论》　　清真浑厚，正于钩勒处见。他人一钩勒便刻削，清真愈钩勒愈浑厚。……少游最和婉醇正，稍逊清真者，辣耳。少游意在含蓄，如花初胎，故少重笔。然清真沉痛之极，仍能含蓄。……西麓宗少游，径平思钝，乡愿之乱德也。

　　清周济《介存斋论词杂著》　　良卿曰：“少游词，如花含苞，故不甚见其力量。其实后来作手，无不胚胎于此。”

　　又　　晋卿曰：“少游正以平易近人，故用力者终不能到。”

　　又　　西麓不善学少游。少游中行，西麓乡愿。

　　又《词辨序》　　自温庭筠、韦庄、欧阳修、秦观、周邦彦、周密、吴文英、王沂孙、张炎之流，莫不蕴藉深厚，而才艳思力，各骋一途，以极其致。譬如匡庐衡岳，殊体而并胜，南威西施，别态而同妍矣。

　　清郭麐《灵芬馆词话》　　词之为体，大略有四：风流华美，浑然天成，如美人临妆，却扇一顾，《花间》诸人是也，晏元献、欧阳永叔诸人继之；施朱傅粉，学步习容，如宫女题红，含情幽艳，秦、周贺、晁诸人是也；柳七则靡曼近俗矣；姜、张诸子，一洗华靡，独标清绮，如瘦石孤花，清笙幽磬，入其境者，疑有仙灵，闻其声者，人人自远。

　　清郭麐《无声诗馆词序》　　词家者流，其源出于《国风》，其本沿于齐梁。自太白以至五季，非儿女之情不道也。宋立乐府，用于庆赏饮宴，于是周秦以绮靡为宗，史柳以华缛相尚，而体一变。苏辛以高世之才，横绝一时，而奋末广愤之音作。姜张祖骚人遗意，尽洗秾艳，而清空婉约之旨深。自是以后，虽有作者欲离去别见，其道无由。

清谭献《复堂词话》　　淮海在北宋，如唐之刘文房。

清陈廷焯《白雨斋词话》　　秦少游自是作手，近开美成，导其先路；远祖温、韦，取其神不袭其貌，词至是乃一变焉。然变而不失其正，遂令议者不病其变，而转觉有不得不变者。后人动称秦、柳，柳之视秦，为之奴隶而不足者，何可相提并论哉！

又　　唐、五代词，不可及处，正在沈郁。宋词不尽沈郁，然如子野、少游、美成、白石、碧山、梅溪诸家，未有不沈郁者。

又　　东坡、少游，皆是情馀于词；耆卿乃辞馀于情，解人自辨之。

又　　黄九于词，直是门外汉，匪独不及秦、苏，亦去耆卿远甚。

又　　秦七、黄九，并重当时，然黄之视秦，奚啻碔砆之于美玉！词贵缠绵，贵忠爱，贵沈郁。黄之鄙俚者无论矣；即以其高者而论，亦不过于倔强中见姿态耳。

又　　少游名作甚多，而俚词亦不少，去取不可不慎。

又　　张綖云：“少游多婉约，子瞻多豪放，当以婉约为主。”此亦似是而非，不关痛痒语也。诚能本诸忠厚，而出以沈郁，豪放亦可，婉约亦可；否则豪放嫌其粗疏，婉约又病其纤弱矣。

又　　少游、美成，词坛领袖也。所可议者，好作艳语，不免于俚耳。故大雅一席，终让碧山。

又　　词法莫密于清真，词理莫深于少游，词笔莫超于白石，词品莫高于碧山，皆圣于词者。

又　　《宋七家词选》甚精，若更以淮海易草窗，则毫发无遗憾矣。

又　　《莲子居词话》云：“苏之大，张之秀，柳之艳，秦之韵，周之圆融，南宋诸老，何以尚兹。”此论殊属浅陋。谓北宋不让南宋则可，而以秀艳等字尊北宋则不可。如徒曰秀艳圆融而已，则北宋岂但不及南宋，并不及金元矣。至以耆卿与苏张周秦并称，而不数方回，亦为无识。又以秀字目子野，韵字目少游，圆融目美成，皆属不切。即以大字目东坡，艳字目耆卿，亦不甚确。大抵北宋之词，周、秦两家，皆极顿挫沈郁之妙，而少游托兴尤深，美成规模较大，此周、秦之异同也。

又　　熟读温韦词，则意境自厚。熟读周秦词，则韵味自深。熟读苏辛词，则才气自旺。熟读姜张词，则格调自高。熟读碧山词，则本原自正，规模自远。本是以求风雅，何必遽让古人。

　　又　　古人词胜于诗则有之，如少游、白石皆然；未有不知诗而第工词者。

　　又　　周秦词以理法胜，姜张词以骨韵胜，碧山词以意境胜，要皆负绝世之才，而又以沉郁出之，所以卓绝千古也。

　　又　　乔笙巢云："少游词寄慨身世，闲雅有情思。酒边花下，一往而深，而怨诽不乱，悄乎得《小雅》之遗。"又云："他人之词，词才也；少游，词心也。得之于内，不可以传。虽子瞻之明俊，耆卿之幽秀，犹若有瞠乎后者，况其下耶！"此与庄中白之言颇相合，淮海何幸，有此知己。

　　又　　东坡、稼轩，白石、玉田，高者易见；少游、美成，梅溪、碧山，高者难见；而少游、美成尤难见。美成意馀言外，而痕迹消融，人苦不能领略。少游则义蕴言中，韵流弦外，得其貌者，如鼷鼠之饮河，以为果腹矣，而不知沧海之外，更有河源也。乔笙巢谓"他人之词，词才也；少游，词心也"，可谓卓识。

　　又　　唐宋名家，流派不同，本原则一。论其派别，大约温飞卿为一体，皇甫子奇、南唐二主附之。韦端己为一体，牛松卿附之。冯正中为一体，唐五代诸词人以暨北宋晏、欧、小山等附之。张子野为一体，秦淮海为一体，柳词高者附之。苏东坡为一体，贺方回为一体，_{毛泽民、晁具茨高者附之。}周美成为一体，_{竹屋、草窗附之。}辛稼轩为一体，_{张、陆、刘、蒋、陈、杜合者附之。}姜白石为一体，史梅溪为一体，吴梦窗为一体，王碧山为一体，_{黄公度、陈西麓附之。}张玉田为一体。其间惟飞卿、端己、正中、淮海、美成、梅溪、碧山七家，殊涂同归。馀则各树一帜，而皆不失其正，东坡、白石，尤为矫矫。

又　词有表里俱佳，文质适中者，温飞卿、秦少游、周美成、黄公度、姜白石、史梅溪、吴梦窗、陈西麓、王碧山、张玉田、庄中白是也，词中之上乘也。

清陈廷焯《词坛丛话》　秦、柳自是作家，然却有可议处。东坡诗云"山抹微云秦学士，露华倒影柳屯田"，微以气格为病也。

又　秦写山川之景，柳写羁旅之情，俱臻绝顶，有不可以言语形容者。

清沈祥龙《论词随笔》　词有婉约，有豪放，二者不可偏废，在施之各当耳。房中之奏，出以豪放，则情致绝少缠绵；塞下之曲，行以婉约，则气象何能恢拓？苏、辛与秦、柳，贵集其长也。

又　词之言情，贵得其真。劳人思妇，孝子忠臣，各有其情。古无无情之词，亦无假托其情之词。柳、秦之妍婉，苏、辛之豪放，皆自言其情者也。

又　词之蕴藉，宜学少游、美成，然不可入于淫靡；绵婉宜学耆卿、易安，然不可失于纤巧。雄爽宜学东坡、稼轩，然不可近于粗厉。流畅宜学白石、玉田，然不可流于浅易。此当就气韵气味求之。

清张德瀛《词征》　释皎然《诗式》谓诗有"六至"……以词衡之，至险而不僻者，美成也；至奇而不差者，稼轩也；至丽而自然者，少游也；至苦而无迹者，碧山也；至近而意远者，玉田也；至放而不迁者，子瞻也。

又　同叔之词温润，东坡之词轩骁，美成之词精邃，少游之词幽艳，无咎之词雄邈。北宋惟五子可称大家。

又　汪蛟门谓宋词有三派：欧、晏正其始，秦、黄、周、柳、姜、史之徒极其盛，东坡、稼轩放乎其言之矣。

清陈锐《袌碧斋词话》　读《姑溪词》而后知清真之大，读《友古词》而后叹淮海之清：四君者，极相合者也。由其相合以求其分，庶见庐山真面。

清李慈铭《越缦堂读书记》卷八《文学》四　余于词非当家，所作者真诗馀耳，然于此中颇有微悟。盖必若近若远，忽去忽来，如蛱蝶穿花，深深款款；又须于无情无绪中，令人十步九回，如佛言食蜜，中边皆甜。古来得此旨者，南唐二主、六一、安陆、淮海、小山及李易安《漱玉词》耳。屯田近俗，稼轩近霸，而两家佳处，均处渊微。

清况周颐《历代词人考略》载王鹏运论词　　北宋人词，如潘逍遥之超逸、宋子京之华贵、欧阳文忠之骚雅、柳屯田之广博、晏小山之疏俊、秦太虚之婉约、张子野之流丽、黄文节之俊上、贺方回之醇肆，皆可模拟，得其仿佛。唯苏文忠之清雄，夐乎轶尘绝迹，令人无以步趋。

清况周颐《蕙风词话·正编》　　有宋熙丰间，词学称极盛。苏长公提倡风雅，为一代山斗。黄山谷、秦少游、晁无咎皆长公之客也。山谷、无咎皆工倚声，体格于长公为近。唯少游自辟蹊径，卓然名家。盖其天分高，故能抽秘骋妍于寻常濡染之外，而其所以契合长公者独深。张文潜《赠李德载》诗有云："秦文倩丽舒桃李。"彼所谓文，固指一切文字而言。若以其词论，直是初日芙蓉、晓风杨柳；倩丽之桃李，容犹当之有愧色焉。王晦叔《碧鸡漫志》云：黄、晁二家词，皆学坡公，得其七八。而于少游独称其俊逸精妙，与张子野并论，不言其学坡公。可谓知少游者矣！

又　　唐贤为词，往往丽而不流，与其诗不甚相远。刘梦得《忆江南》云："春去也，多谢洛城人。弱柳从风疑举袂，从兰泣露似沾巾，独坐亦含颦。"流丽之笔，下开子野少游一派。

清况周颐《蕙风词话·续编》引王士禛《倚声集序》　诗馀者，古诗之苗裔也。语其正则南唐二主为之祖，至漱玉、淮海而极盛，高、史其嗣响也。语其变则眉山导其源，至稼轩、放翁而尽变，陈、刘其馀波也。有诗人之词，唐、蜀、五代诸人是也。有文人之词，晏、欧、秦、李诸君子是也。有词人之词，柳永、周美成、康与之之属是也。有英雄之词，苏、陆、辛、刘是也。至是，声音之道，乃臻极致，而诗之为功，虽百变而不穷。

清蒋兆兰《词说》　词家正轨，自以婉约为宗。欧晏张贺，时多小令，慢词寥寥，传作较少。逮乎秦柳，始极慢词之能事。其后清真崛起，功力既深……冠绝古今，可谓极词中之圣。

清刘熙载《艺概·词曲概》　秦少游词，得《花间》、《尊前》遗韵，却能自出清新。东坡词雄姿逸气，高轶古人，且称少游为词手。山谷倾倒于少游《千秋岁》词"落红万点愁如海"之句，至不敢和。要其它词之妙，似此者岂少哉？

又　叔原贵异，方回赡逸，耆卿细贴，少游清远。四家词趣各别，惟尚婉则同耳。

又　　少游词有小晏之妍，其幽趣则过之。梅圣俞《苏幕遮》云："落尽梅花春又了，满地斜阳，翠色和烟老。"此一种似为少游开先。

清谢朝征《白香词谱笺》　　苏籀云：秦校理词，落尽畦畛，天心月胁，逸格超绝，妙中之妙。议者谓前无伦而后无继。

清沈曾植《菌阁琐谈》二《手批词话三种》　　《词筌》："长调推秦柳周康为协律。"（沈）先生批云："以宋世风尚言之，秦柳为当行，周康为协律，四家并提，宋人无此语也。"

清冯煦《蒿庵论词》　　少游以绝尘之才，早与胜流，不可一世；而一谪南荒，遽丧灵宝。故所为词寄慨身世，闲雅有情思，酒边花下，一往而深，而怨悱不乱，悄乎得《小雅》之遗。后主而后，一人而已。昔张天如论相如之赋云："他人之赋，赋才也；长卿，赋心也。"予于少游之词亦云：他人之词，词才也；少游，词心也。得之于内，不可以传。虽子瞻之明隽，耆卿之幽秀，犹若有瞠乎后者，况其下邪。

又　　宋至文忠_{欧阳修}文始复古，天下翕然师尊之，风尚为之一变。即以词言，亦疏隽开子瞻，深婉开少游。

又　　淮海、小山，真古之伤心人也。其淡语皆有味，浅语皆有致，求之两宋词人，实罕其匹。

清樊增祥《樊山集·东溪草堂词选自序》　　少游俊朗，世罕其俦，婉约多讽，啴缓入律，慢令双美，靡得而闻。

王国维《人间词话》　　冯梦华宋《六十一家词选序例》谓：“淮海、小山，古之伤心人也。其淡语皆有味，浅语皆有致。”余谓此唯淮海足以当之。小山矜贵有馀，但可方驾子野、方回，未足抗衡淮海也。

又　　梅圣俞《苏幕遮》词：“落尽梨花春事了，满地斜阳，翠色和烟老。”刘融斋谓少游一生专学此种。

又　　岂创者易工而因者难巧欤？抑人各有能有不能也？读者观欧、秦之诗远不如词，足透此中消息。

又　　词之雅郑，在神不在貌。永叔、少游虽作艳语，终有品格。方之美成，便有淑女与倡伎之别。

《人间词话》删稿　　诗至唐中叶以后，殆为羔雁之具矣。故五代、北宋之诗，佳者绝少，而词则为其极盛时代。即诗词兼擅如永叔、少游者，亦词胜于诗远甚，以其写之于诗者不若写之于词者之真也。

又　　唐五代之词，有句而无篇。南宋名家之词，有篇而无句。有篇有句，唯李后主降宋后之作及永叔、子瞻、少游、美成、稼轩数人而已。

又　　词之最工者，实推后主、正中、永叔、少游、美成，而后此南宋诸公不与焉。

樊志厚《人间词序》　　温韦之精艳，所以不如正中者，意境有深浅也。《珠玉》所以逊《六一》，《小山》所以愧《淮海》者，意境异也。……夫古今人词之以意胜者，莫若欧阳公；以境胜者，莫若秦少游。

徐珂《清代词学概论》　　止庵（周济）又以少游多庸格，为浅钝者所易托。

郑文焯《大鹤山人论词手简》　　比尝见并世词人……亦往往为律所缚，顿思破析旧格，以为腔可自度，黠者或趋于简便，借口古人先我为之，此"畏难苟安"之锢习使然，甚无谓也。然则今之妄托苏、辛，鄙夷秦、柳者，皆巨怪大谬，岂值一哂耶！

夏敬观映庵《手批山谷词》　　后山称"今代词手，唯秦七、黄九"。少游清丽，山谷重拙，自是一时敌手。至用谚语作俳体，时移世易，语言变迁，后之阅者渐不能明，此亦自然之势。试检扬子云绝代语，有能一一释其义者乎？以市井语入词，始于柳耆卿，少游、山谷各有数篇，山谷特甚之又甚，至不可句读。若此类者，学者可不必步趋耳。

夏敬观《手批淮海词》　　少游词清丽婉约，辞情相称，诵之回肠荡气，自是词中上品。比之山谷，诗不及远甚，词则过之。盖山谷是东坡一派，少游则纯乎词人之词也。东坡尝讥少游："不意别后，公却学柳七。"少游学柳，岂用讳言，稍加以坡，便成为少游之词。学者细玩，当不易吾言也。

蔡嵩云《柯亭论词》　　少游词虽间有《花间》遗韵，其小令深婉处，实出自六一，仍是《阳春》一派。慢词清新淡雅，风骨高骞，更非《花间》所能范围矣。

陈匪石《声执》卷下　　秦观为"苏门四子"之一，而其为词，则不与晁、黄同赓苏调，妍雅婉约，卓然正宗。

吴梅《词学通论》第七章《概论》二《两宋》　　诸家论断，大抵（以秦观）与子瞻并论。余谓二家不能相合也。子瞻胸襟大，故随笔所之，如怒澜飞空，不可狎视。少游格律细，故运思所及，如幽花媚春，自成馨逸。其《满庭芳》诸阕，大半被放后作，恋恋故国，不胜热中，其用心不逮东坡之忠厚，而寄情之远，措语之工，则各有千古。

夏承焘《天风阁学词日记》一九三八年三月二十日　　点《淮海词》一卷，婀娜中含刚健，此其擅长。

龙榆生《苏门四学士词·秦观》　　"婉约"一路，即宜抒男女思慕，或流连光景之情。故论《淮海词》之风格，要为"得《花间》、《尊前》遗韵，却能自出清新"（《艺概》）。而其内容，却不免牵于俗尚，未能别开疆土。衍《乐章》之馀绪，而以和婉醇正出之；此其所以能于耆卿、东坡二派之外，别树一帜也。

又　　《淮海词》中，大率调外多不标题，约与《乐章》为近，惟其以协律入歌为主，故于修辞必求婉丽，运意多为含蓄。然即以此，未能风骨高骞。